향수

향수

정지용

유종호 엮음

鄭芝溶

일러두기

1 수록 작품의 게재 순서는 시인 생존 시에 나온 『정지용 시집』, 『백록담』의
   순서를 따랐다. 1, 2, 3, 4부는 『정지용 시집』의 분류를 그대로 따른
   것이고, 5부는 『백록담』 수록 시편이다. 6부는 두 시집에 수록되지 않은
   시들로 마지막 두 편은 해방 이후의 소작이다.
2 원문의 한자는 한글로 고쳤다. 뜻이 분명하지 않은 경우에는 한자를 괄호
   속에 넣어 표기했다.
3 '웨', ' 저긔', '높흔'과 같이 명백한 경우에는 '왜', '저기', '높은'으로
   맞춤법에 맞게 고쳐 표기했다. 그렇지만 분명하지 않거나 어떤 효과를
   위해 쓰였다고 생각되는 경우에는 두 시집의 표기를 살렸고 가급적
   원형을 보존했다.

차례

1부

촉불과 손

바다 1

고래가 이제 횡단한 뒤
해협이 천막처럼 퍼덕이오.

……흰 물결 피어오르는 아래로 바독돌 자꼬 자꼬
내려가고,

은방울 날리듯 떠오르는 바다 종달새……

한나절 노려보오 홈켜잡아 고 빨간 살 뺏으려고.

*

미역 잎새 향기한 바위틈에
진달래꽃 빛 조개가 햇살 쪼이고,
청제비 제 날개에 미끄러져 도 ─ 네
유리판 같은 하늘에.
바다는 ─ 속속들이 보이오.
청댓잎처럼 푸른
바다
봄

*

꽃봉오리 줄등 켜듯한

조그만 산으로 — 하고 있을까요.

솔나무 대나무
다옥한 수풀로 — 하고 있을까요.

노랑 검정 알롱달롱한
블랑키트 두르고 쪼그린 호랑이로 — 하고 있을까요.

당신은 '이러한 풍경'을 데불고
흰 연기 같은
바다
멀리멀리 항해합쇼.

바다 2

바다는 뿔뿔이
달아나려고 했다.

푸른 도마뱀떼같이
재재발렀다.[●]

꼬리가 이루
잡히지 않았다.

흰 발톱에 찢긴
산호보다 붉고 슬픈 생채기!

가까스로 몰아다 부치고
변죽을 둘러 손질하여 물기를 시쳤다.

이 앨슨 해도(海圖)에
손을 씻고 떼었다.

찰찰 넘치도록
돌돌 구르도록

● '재바르다'의 변형. 재빠르다.

희동그란히 받쳐 들었다!
지구는 연잎인 양 오므라들고…… 펴고……

비로봉

백화* 수풀 앙당한 속에
계절이 쪼그리고 있다.

이곳은 육체 없는 요적(寥寂)한 향연장
이마에 스며드는 향료로운 자양(滋養)!

해발 오천 피이트 권운층 위에
그싯는 성냥불!

동해는 푸른 삽화처럼 옴직 않고
누뤼알**이 참벌처럼 옮겨 간다.

연정은 그림자마저 벗자
산드랗게 얼어라! 귀뚜라미처럼.

---

* 자작나무.
** 우박. 유리라고도 함.

홍역

석탄 속에서 피어 나오는
태고연(太古然)히 아름다운 불을 둘러
십이월 밤이 고요히 물러앉다.

유리도 빛나지 않고
창장(窓帳)도 깊이 나리운 대로 ──
문에 열쇠가 끼인 대로 ──

눈보라는 꿀벌떼처럼
닝닝거리고 설레는데,
어느 마을에서는 홍역이 척촉(躑躅)˙처럼 난만하다.

───────────

• 철쭉꽃.

16

비극

'비극'의 흰 얼굴을 뵈인 적이 있느냐?

그 손님의 얼굴은 실로 미(美)하니라.

검은 옷에 가리워 오는 이 고귀한 심방(尋訪)에 사람들은
부질없이 당황한다.

실상 그가 남기고 간 자최가 얼마나 향그럽기에

오랜 후일에야 평화와 슬픔과 사랑의 선물을 두고 간
줄을 알었다.

그의 발 옮김이 또한 표범의 뒤를 따르듯 조심스럽기에

가리어 듣는 귀가 오직 그의 노크를 안다.

묵(墨)이 말라 시가 써지지 아니하는 이 밤에도

나는 맞이할 예비가 있다.

일찍이 나의 딸 하나와 아들 하나를 드린 일이 있기에

혹은 이 밤에 그가 예의를 갖추지 않고 올 양이면

문 밖에서 가벼이 사양하겠다!

시계를 죽임

한밤에 벽시계는 불길한 탁목조(啄木鳥)!*
나의 뇌수를 미싱 바늘처럼 쫏다.**

일어나 쭝알거리는 '시간'을 비틀어 죽이다.
잔인한 손아귀에 감기는 가냘픈 모가지여!

오늘은 열 시간 일하였노라.
피로한 이지(理智)는 그대로 치차(齒車)를 돌리다.

나의 생활은 일절 분노를 잊었노라.
유리 안에 설레는 검은 곰인 양 하품하다.

꿈과 같은 이야기는 꿈에도 아니 하련다.
필요하다면 눈물도 제조할 뿐!

어쨌든 정각에 꼭 수면하는 것이
고상한 무표정이오 한 취미로 하노라!

명일(明日)! (일자(日字)가 아니어도 좋은 영원한 혼례!)

---

* 딱따구리.
** 쪼다.

18

소리 없이 옮겨 가는 나의 백금 체펠린˚의 유유한 야간 항로여!

˚ 비행선.

바람

바람 속에 장미가 숨고
바람 속에 불이 깃들다.

바람에 별과 바다가 씻기우고
푸른 묏부리와 나래가 솟다.

바람은 음악의 호수.
바람은 좋은 알리움!

오롯한* 사랑과 진리가 바람에 옥좌를 고이고
커다란 하나와 영원이 펴고 날다.

---

* 온전한.

유리창 1

유리에 차고 슬픈 것이 어린거린다.
열없이 붙어 서서 입김을 흐리우니
길들은 양 언 날개를 파닥거린다.
지우고 보고 지우고 보아도
새까만 밤이 밀려 나가고 밀려와 부딪치고,
물 먹은 별이, 반짝, 보석처럼 박힌다.
밤에 홀로 유리를 닦는 것은
외로운 황홀한 심사이어니,
고운 폐혈관이 찢어진 채로
아아, 늬는 산새처럼 날아갔구나!

유리창 2

내어다보니
아주 캄캄한 밤,
어험스런˙ 뜰앞 잣나무가 자꾸 커 올라간다.
돌아서서 자리로 갔다.
나는 목이 마르다.
또, 가까이 가
유리를 입으로 쫏다.˙˙
아아, 항(缸) 안에 든 금붕어처럼 갑갑하다.
별도 없다, 물도 없다, 휘파람 부는 밤.
소증기선(小蒸氣船)처럼 흔들리는 창.
투명한 보랏빛 누뤼알아,
이 알몸을 끄집어내라, 때려라, 부릇내라.
나는 열이 오른다.
뺨은 차라리 연정스레히
유리에 부빈다, 차디찬 입맞춤을 마신다.
쓰라리, 알연히, 그싯는 음향 ──
머언 꽃!
도회에는 고운 화재가 오른다.

_____

˙ 의젓해 보이는.
˙˙ 쪼다.

22

난초

난초 잎은
차라리 수묵색.

난초 잎에
엷은 안개와 꿈이 오다.

난초 잎은
한밤에 여는 다문 입술이 있다.

난초 잎은
별빛에 눈 떴다 돌아눕다.

난초 잎은
드러난 팔굽이를 어짜지 못한다.

난초 잎에
적은 바람이 오다.

난초 잎은
칩다.

촛불과 손

고요히 그싯는 손씨[*]로
방 안 하나 차는 불빛!

별안간 꽃다발에 안긴 듯이
올빼미처럼 일어나 큰 눈을 뜨다.

*

그대의 붉은 손이
바위틈에 물을 따오다,
산양의 젖을 옮기다,
간소한 채소를 기르다,
오묘한 가지에
장미가 피듯이
그대 손에 초밤불이 낳도다.

---

[*] 손시늉.

해협

포탄으로 뚫은 듯 동그란 선창으로
눈썹까지 부풀어 오른 수평이 엿보고,

하늘이 함폭 나려앉어
크낙한 암탉처럼 품고 있다.

투명한 어족(魚族)이 행렬하는 위치에
홋하게* 차지한 나의 자리여!

망토 깃에 솟은 귀는 소라 속같이
소란한 무인도의 각적(角笛)을 불고 ──

해협 오전 두 시의 고독은 오롯한 원광(圓光)을 쓰다.
서러울 리 없는 눈물을 소녀처럼 짓자.

나의 청춘은 나의 조국!
다음 날 항구의 개인 날씨여!

항해는 정히 연애처럼 비등하고
이제 어드메쯤 한밤의 태양이 피어오른다.

──────────────

* 혼자서 홀가분하다.

다시 해협

정오 가까운 해협은
백묵 흔적이 적력(的歷)한 원주!

마스트 끝에 붉은 기가 하늘보다 곱다.
감람(甘藍)* 포기포기 솟아오르듯 무성한 물이랑이어!

반마(班馬)같이 해구(海狗)같이 어여쁜 섬들이 달려오건만
일일이 만져 주지 않고 지나가다.

해협이 물거울 쓰러지듯 휘뚝하였다.
해협은 엎지러지지 않았다.

지구 위로 기어가는 것이
이다지도 호수운** 것이냐!

외진 곳 지날 제 기적은 무서워서 운다.
당나귀처럼 처량하구나.

해협의 칠월 햇살은
달빛보담 시원타.

---

* 양배추.
** 거마(車馬) 등을 탔을 때 쾌적함을 나타내는 말.

화통 옆 사닥다리에 나란히
제주도 사투리 하는 이와 아주 친했다.

스물한 살 적 첫 항로에
연애보담 담배를 먼저 배웠다.

귀로

포도로 내리는 밤안개에
어깨가 저으기 무거웁다.

이마에 촉(觸)하는 쌍그란 계절의 입술
거리에 등불이 함폭! 눈물겹구나.

제비도 가고 장미도 숨고
마음은 안으로 상장(喪章)을 차다.

걸음은 절로 디딜 데 디디는 삼십 적 분별
영탄도 아닌 불길한 그림자가 길게 누이다.

밤이면 으레 홀로 돌아오는
붉은 술도 부르지 않는 적막한 습관이여!

2부

카페 프란스

오월 소식

오동나무 꽃으로 불 밝힌 이곳 첫여름이 그립지
아니한가?
어린 나그네 꿈이 시시로 파랑새가 되어 오려니.
나무 밑으로 가나 책상 턱에 이마를 고일 때나,
네가 남기고 간 기억만이 소근소근거리는구나.

모처럼 만에 날아온 소식에 반가운 마음이 울렁거리어
가여운 글자마다 먼 황해가 남설거리나니.

……나는 갈매기 같은 종선˚을 한창 치달리고 있다……

쾌활한 오월 넥타이가 내처 난데없는 순풍이 되어,
하늘과 딱 닿은 푸른 물결 위에 솟은,
외따른 섬 로만틱을 찾아갈거나.

일본 말과 아라비아 글씨를 아르키러 간
쬐그만 이 페스탈로치야, 꾀꼬리 같은 선생님이야,
날마다 밤마다 섬 둘레가 근심스런 풍랑에 씹히는가
하노니,
은은히 밀려오는 듯 멀리 우는 오르간 소리……

˚ 작은 배.

압천

압천(鴨川)˙ 십 리 벌에
해는 저물어…… 저물어……

날이 날마다 님 보내기
목이 잦았다…… 여울물 소리……

찬 모래알 쥐어짜는 찬 사람의 마음,
쥐어짜라. 바시여라. 시원치도 않어라.

역구풀 우거진 보금자리
뜸부기 홀어멈 울음 울고,

제비 한 쌍 떴다,
비 맞이 춤을 추어.

수박 냄새 품어 오는 저녁 물바람.
오랑주 껍질 씹는 젊은 나그네의 시름.

압천 십 리 벌에
해가 저물어…… 저물어……

˙ 일본 교토(京都)에 있는 시내.

32

석류

장미꽃처럼 곱게 피어 가는 화로에 숯불,
입춘 때 밤은 마른 풀 사르는 냄새가 난다.

한겨울 지난 석류 열매를 쪼기여*
홍보석(紅寶石) 같은 알을 한 알 두 알 맛보노니,

투명한 옛 생각, 새론 시름의 무지개여,
금붕어처럼 어린 여릿여릿한 느낌이여.

이 열매는 지난해 시월 상달, 우리 둘의
조그마한 이야기가 비롯될 때 익은 것이어니,

작은 아씨야, 가녀린 동무야, 남몰래 깃들인
네 가슴에 졸음 조는 옥토끼가 한 쌍.

옛 못 속에 헤엄치는 흰 고기의 손가락, 손가락
외롭게 가볍게 스스로 떠는 은실, 은실,

아아 석류알을 알알이 비추어 보며
신라천년의 푸른 하늘을 꿈꾸노니.

---

* 쪼개어.

33

발열(發熱)

처마 끝에 서린 연기 따러
포도순이 기어 나가는 밤, 소리 없이,
가믈음 땅에 스며든 더운 김이
등에 서리나니, 훈훈히,
아아, 이 애 몸이 또 달아오르노나.
가쁜 숨결을 드내 쉬노니, 박나비처럼,
가녀린 머리, 주사 찍은 자리에, 입술을 붙이고
나는 중얼거리다, 나는 중얼거리다,
부끄러운 줄도 모르는 다신교도와도 같이.
아아, 이 애가 애자지게 보채노나!
불도 약도 달도 없는 밤,
아득한 하늘에는
별들이 참벌 날으듯 하여라.

향수

넓은 벌 동쪽 끝으로
옛 이야기 지줄대는 실개천이 회돌아 나가고,
얼룩백이 황소*가
해설피 금빛 게으른 울음을 우는 곳,

── 그곳이 차마 꿈엔들 잊힐리야.

질화로에 재가 식어지면
비인 밭에 밤바람 소리 말을 달리고,
엷은 졸음에 겨운 늙으신 아버지가
짚벼개를 돋아 고이시는 곳,

── 그곳이 차마 꿈엔들 잊힐리야.

흙에서 자란 내 마음
파아란 하늘빛이 그립어
함부로 쏜 화살을 찾으려
풀섶 이슬에 함추름 휘적시든 곳,

---

* 옛날 황소들은 등이나 옆구리 부위에 하얗게 얼룩진 부분이 많았다.
아마 피부병이 아니었나 싶다. '얼룩백이 황소'라는 시어가 가리키는 대상이
'칡소'라는 설이 대세를 이루고 있으나, 칡소였다면 '얼룩백이 칡소'라 하지 왜
'황소'라 했을 것인가? 드문 말을 쓰기 좋아하는 것이 시인들의 성향이다.

── 그곳이 차마 꿈엔들 잊힐리야.

전설(傳說) 바다에 춤추는 밤물결 같은
검은 귀밑머리 날리는 어린 누이와
아무렇지도 않고 예쁠 것도 없는
사철 발 벗은 아내가
따가운 햇살을 등에 지고 이삭 줍던 곳,

── 그곳이 차마 꿈엔들 잊힐리야.

하늘에는 석근* 별
알 수도 없는 모래성으로 발을 옮기고,
서리 까마귀 우지짖고 지나가는 초라한 지붕,
흐릿한 불빛에 돌아앉아 도란도란거리는 곳,

── 그곳이 차마 꿈엔들 잊힐리야.

───────────────

* 사이가 뜬. 성긴.

36

갑판 위

나지익한 하늘은 백금 빛으로 빛나고
물결은 유리판처럼 부서지며 끓어오른다.
동글동글 굴러 오는 짠바람에 뺨마다 고운 피가 고이고
배는 화려한 짐승처럼 짖으며 달려 나간다.
문득 앞을 가리는 검은 해적 같은 외딴섬이
흩어저 날으는 갈메기떼 날개 뒤로 문짓 문짓 물러
나가고,
어디로 돌아다보든지 하이얀 큰 팔굽이에 안기어
지구덩이가 동그랐다는 것이 길겁구나.[*]
넥타이는 시원스럽게 날리고 서로 기대선 어깨에 유월
볕이 스며들고
한없이 나가는 눈길은 수평선 저쪽까지 기폭처럼
퍼덕인다.

*

바다 바람이 그대 머리에 아른대는구료,
그대 머리는 슬픈 듯 하늘거리고.

바다 바람이 그대 치마폭에 니치대는구료,[**]
그대 치마는 부끄러운 듯 나부끼고.

---

* 즐겁다.
** 이아치다. 걸그적거리다.

그대는 바람 보고 꾸짖는구료.

*

별안간 뛰어들삼어도 설마 죽을라구요
바나나 껍질로 바다를 놀려 대노니,

젊은 마음 꼬이는 굽이도는 물굽이
둘이 함께 굽어보며 가볍게 웃노니.

태극선(太極扇)

이 아이는 고무뽈을 따러
흰 산양이 서로 부르는 푸른 잔디 위로 달리는지도
모른다.

이 아이는 범나비 뒤를 그리여
소소라치게 위태한 절벽가를 내닫는지도 모른다.

이 아이는 내처 날개가 돋혀
꽃잠자리 제자*를 선 하늘로 도는지도 모른다.

(이 아이가 내 무릎 위에 누운 것이 아니라)

새와 꽃, 인형 납병정 기관차들을 거느리고
모래밭과 바다, 달과 별 사이로
다리 긴 왕자처럼 다니는 것이려니,

(나도 일찍이, 점도록** 흐르는 강가에
이 아이를 뜻도 아니한 시름에 겨워
풀피리만 찢은 일이 있다)

---

* 저자, 잠.
** 늦게까지.

이 아이의 비단결 숨소리를 보라.
이 아이의 씩씩하고도 보드라운 모습을 보라.
이 아이 입술에 깃들인 박꽃 웃음을 보라.

(나는 쌀, 돈셈, 지붕 샐 것이 문득 마음 키인다)

반딧불 하릿하게 날고
지렁이 기름불만치 우는 밤,
모와 드는 훗훗한 바람에
슬프지도 않은 태극선 자루가 나부끼다.

카페 프란스

옮겨다 심은 종려나무 밑에
빗두루* 선 장명등,
카페 프란스에 가자.

이놈은 루바쉬카
또 한 놈은 보헤미안 넥타이
뻣적 마른 놈이 압장을 섰다.

밤비는 뱀눈처럼 가는데
페이브먼트에 흐늙이는 불빛
카페 프란스에 가자.

이놈의 머리는 비뚤은 능금
또 한 놈의 심장은 벌레 먹은 장미
제비처럼 젖은 놈이 뛰어간다.

"오오 패롯(鸚鵡) 서방! 굿 이브닝!"

"굿 이브닝!"(이 친구 어떠하시오?)

울금향(鬱金香) 아가씨는 이 밤에도

---

* 비스듬히.

경사(更紗) 커 ── 튼 밑에서 조시는구료!

나는 자작의 아들도 아무것도 아니란다.
남달리 손이 희어서 슬프구나!

나는 나라도 집도 없단다
대리석 테이블에 닿는 내 뺨이 슬프구나!

오오, 이국종 강아지야
내 발을 빨어 다오.
내 발을 빨어 다오.

슬픈 인상화

수박 냄새 품어 오는
첫여름의 저녁때……

먼 해안 쪽
길 옆 나무에 늘어선
전등. 전등.
헤엄쳐 나온 듯이 깜박거리고 빛나노나.

침울하게 울려오는
축항(築港)의 기적 소리…… 기적 소리……
이국 정조로 퍼덕이는
세관의 깃발. 깃발.

시멘트 깐 인도측(人道側)으로 사뽓 사뽓 옮기는
하이얀 양장(洋裝)의 점경(點景)!

그는 흘러가는 실심(失心)한 풍경이어니……
부질없이 오랑주 껍질 씹는 시름……

아아, 애시리(愛施利)·황(黃)!
그대는 상해로 가는구료……

조약돌

조약돌 도글도글……
그는 나의 혼의 조각이러뇨.

앓는 피에로의 설움과
첫길에 고달픈
청(靑)제비의 푸념 겨운 지즐댐과,
꼬집어 아즉 붉어 오르는
피에 맺혀,
비 날리는 이국 거리를
탄식하며 헤매노나.

조약돌 도글도글……
그는 나의 혼의 조각이러뇨.

피리

자네는 인어(人魚)를 잡아
아씨를 삼을 수 있나?

달이 이리 창백한 밤엔
따뜻한 바다 속에 여행도 하려니.

자네는 유리 같은 유령이 되어
뼈만 앙사하게 보일 수 있나?

달이 이리 창백한 밤엔
풍선을 잡아 타고
화분 날리는 하늘로 둥둥 떠오르기도 하려니.

아무도 없는 나무 그늘 속에서
피리와 단둘이 이야기하노니.

다알리아

가을볕 째앵하게
내려쪼이는 잔디밭.

함빡 피어난 다알리아.
한낮에 함빡 핀 다알리아.

시약시야, 네 살빛도
익을 대로 익었구나.

젖가슴과 부끄럼성이
익을 대로 익었구나.

시약시야, 순하디순하여 다오.
암사슴처럼 뛰어다녀 보아라.

물오리 떠돌아다니는
흰 못물 같은 하늘 밑에,

함빡 피어 나온 다알리아.
피다 못해 터져 나오는 다알리아.

홍춘(紅椿)*

춘(椿)나무 꽃 피 뱉은 듯 붉게 타고
더딘 봄날 반은 기울어
물방아 시름 없이 돌아간다.

어린아이들 제 춤에 뜻 없는 노래를 부르고
솜병아리 양지 쪽에 모이를 가리고 있다.

아지랑이 졸음 조는 마을 길에 고달퍼
알음알음 알어질 일도 몰라서
여원 볼만 만지고 돌아오노니.

---

* 붉은 동백.

슬픈 기차

　우리들의 기차는 아지랑이 남실거리는 섬나라 봄날 왼
하루를 익살스런 마드로스 파이프로 피우며 간 단 다.
　우리들의 기차는 느으릿 느으릿 유월 소 걸어가듯 걸어
간 단 다.

　우리들의 기차는 노오란 배추꽃 비탈밭 새로
헐레벌떡거리며 지나 간 단 다.

　나는 언제든지 슬프기는 슬프나마 마음만은 가벼워
나는 차창에 기댄 대로 휘파람이나 날리자.

　먼 데 산이 군마(軍馬)처럼 뛰어오고 가까운 데 수풀이
바람처럼 불려 가고
유리판을 펼친 듯, 뇌호내해(瀨戶內海)* 퍼언한 물 물. 물. 물.
손가락을 담그면 포도 빛이 들으렸다.
입술에 적시면 탄산수처럼 끓으렸다.
복스런 돛폭에 바람을 안고 뭇배가 팽이처럼 밀려가 다 간,
나비가 되어 날아간다.

　나는 차창(車窓)에 기댄 대로 옥토끼처럼 고마운 잠이나
들자.

● 일본 본토 섬 사이에 있는 바다 이름. '세토 나이카이'.

청(靑)만틀[•] 깃자락에 마담 R의 고달픈 뺨이 붉으레
피었다, 고운 석탄불처럼 이글거린다.
당치도 않은 어린아이 잠재기 노래를 부르심은 무슨
뜻이뇨?

잠들어라.
가여운 내 아들아.
잠들어라.

나는 아들이 아닌 것을, 웃수염 자리 잡혀 가는, 어린
아들이 버얼서 아닌 것을.
나는 유리 쪽에 갑갑한 입김을 비추어 내가 제일
좋아하는 이름이나 그시며 가 자.
나는 느긋느긋한 가슴을 밀감 쪽으로나 씻어 내리자.
대수풀 울타리마다 요염한 관능과 같은 홍춘(紅椿)이
피맺혀 있다.
마당마다 솜병아리 털이 폭신폭신하고,
지붕마다 연기도 아니 뵈는 햇볕이 타고 있다.
오오, 개인 날씨야, 사랑과 같은 어질머리야, 어질머리야.

청(靑)만틀 깃자락에 마담 R의 가여운 입술이 여태껏

• 망토.

떨고 있다.

　누나다운 입술을 오늘에야 실컷 절하며 갚노라.

　나는 언제든지 슬프기는 슬프나마,

　오오, 나는 차보다 더 날러 가려지는 아니 하련다.

황마차(幌馬車)*

　이제 마악 돌아 나가는 곳은 시계집 모롱이, 낮에는 처마
끝에 달아 맨 종달새란 놈이 도회 바람에 나이를 먹어 조금
연기 끼인 듯한 소리로 사람 흘러 내려가는 쪽으로 그저
지줄 지줄거립데다.
　그 고달픈 듯이 깜박깜박 졸고 있는 모양이 —— 가여운
잠의 한 점이랄지요 —— 붙일 데 없는 내 맘에 떠오릅니다.
쓰다듬어 주고 싶은, 쓰다듬을 받고 싶은 마음이올시다.
가엾은 내 그림자는 검은 상복처럼 지향 없이 흘러
내려갑니다. 촉촉히 젖은 리본 떨어진 낭만풍의 모자 밑에는
금붕어의 분류(奔流)와 같은 밤경치가 흘러 내려갑니다. 길
옆에 늘어선 어린 은행나무들은 이국 척후병의 걸음세로
조용조용히 흘러 내려갑니다.

　슬픈 은(銀) 안경이 흐릿하게
　밤비는 옆으로 무지개를 그린다.

　이따금 지나가는 늦은 전차가 끼익 돌아 나가는 소리에
내 조고만 혼이 놀란 듯이 파다거리나이다. 가고 싶어
따뜻한 화롯가를 찾아가고 싶어. 좋아하는 코 — 란 경(經)을
읽으면서 남경콩**이나 까먹고 싶어, 그러나 나는 찾어

─────────────

* 포장 달린 마차.

돌아갈 데가 있을라구요?

　네거리 모퉁이에 씩 씩 뽑아 올라간 붉은 벽돌집
탑에서는 거만스런 XII시가 피뢰침에게 위엄 있는 손가락을
치여 들었소. 이제야 내 모가지가 쭐 뺏 떨어질 듯도
하구료. 솔잎새 같은 모양새를 하고 걸어가는 나를 높다란
데서 굽어보는 것은 아주 재미있을 게지요. 마음 놓고 술
술 소변이라도 볼까요. 헬멧 쓴 야경순사가 피일림처럼
쫓아오겠지요!

　네거리 모퉁이 붉은 담벼락이 흠씩 젖었소. 슬픈 도회의
뺨이 젖었소. 마음은 열없이 사랑의 낙서를 하고 있소. 홀로
글성 글성 눈물짓고 있는 것은 가엾은 소 ─ 니아의 신세를
비추는 빨간 전등의 눈알이외다. 우리들의 그 전날 밤은
이다지도 슬픈지요. 이다지도 외로운지요. 그러면 여기서 두
손을 가슴에 여미고 당신을 기다리고 있으리까?

　길이 아주 질어 터져서 뱀 눈알 같은 것이 반짝 반짝
어리고 있소. 구두가 어찌나 크던동*** 걸어가면서 졸님이
오십니다. 진흙에 착 붙어 버릴 듯하오. 철없이 그리워

** 땅콩.
*** 크던지.

52

동그스레한 당신의 어깨가 그리워. 거기에 내 머리를 대이면
언제든지 머언 따뜻한 바다 울음이 들려오더니……

　……아아, 아모리 기다려도 못 오실 이를……

　기다려도 못 오실 이 때문에 졸리운 마음은 황마차를
부르노니, 휘파람처럼 불려 오는 황마차를 부르노니, 은으로
만들은 슬픔을 실은 원앙새털 깔은 황마차, 꼬옥 당신처럼
참한 황마차, 찰 찰찰 황마차를 기다리노니.

호수 1

얼굴 하나야
손바닥 둘로
폭 가리지만,

보고 싶은 마음
호수만 하니
눈 감을밖에.

호수 2

오리 모가지는
호수를 감는다.

오리 모가지는
자꾸 간지러워.

호면(湖面)

손바닥을 울리는 소리
곱드랗게 건너간다.

그 뒤로 흰 게우가 미끄러진다.

달

선뜻! 뜨인 눈에 하나 차는 영창
달이 이제 밀물처럼 밀려오다.

미욱한 잠과 벼개를 벗어나
부르는 이 없이 불려 나가다.

*

한밤에 홀로 보는 나의 마당은
호수같이 둥굿이 차고 넘치노나.

쪼그리고 앉은 한옆에 흰 돌도
이마가 유달리 함초롬 고와라.

연연턴 녹음(綠陰), 수묵색으로 짙은데
한창때 곤한 잠인 양 숨소리 설키도다.

비둘기는 무엇이 궁거워 구구 우느뇨,
오동나무 꽃이야 못 견디게 향그럽다.

절정

석벽에는
주사(朱砂)가 찍혀 있소.
이슬 같은 물이 흐르오.
나래 붉은 새가
위태한 데 앉아 따먹으오.
산포도순이 지나갔소.
향그런 꽃뱀이
고원(高原) 꿈에 옴치고 있소.
거대한 죽음 같은 장엄한 이마,
기후조(氣候鳥)가 첫 번 돌아오는 곳,
상현달이 사라지는 곳,
쌍무지개 다리 드디는 곳,
아래서 볼 때 오리온성좌와 키가 나란하오.
나는 이제 상상봉(上上峯)에 섰소.
별만 한 흰 꽃이 하늘대오.
민들레 같은 두 다리 간조롱해지오.
해 솟아오르는 동해 ──
바람에 향하는 먼 기폭처럼
뺨에 나부끼오.

58

말 1

청대나무 뿌리를 우여어차! 잡어 뽑다가 궁둥이를
찌었네.
짠 조수 물에 흠뻑 불리워 휙 휙 내두르니 보랏빛으로
피어오른 하늘이 만만하게 비여진다.
채축*에서 바다가 운다.
바다 위에 갈매기가 흩어진다.

오동나무 그늘에서 그리운 양 졸리운 양한 내 형제
말님을 찾아갔지.
"형제여, 좋은 아침이오."
말님 눈동자에 엇저녁 초사흘 달이 하릿하게 돌아간다.
"형제여 뺨을 돌려 대소. 왕왕."

말님의 하이한 이빨에 바다가 시리다.
푸른 물 들 듯한 언덕에 햇살이 자개**처럼 반쟈거린다.
"형제여, 날씨가 이리 휘양창 개인 날은 사랑이
부질없어라."

바다가 치마폭 잔주름을 잡아 온다.
"형제어, 내가 부끄러운 데를 싸매었으니

---

* 채찍.
** 자개농의 자개.

59

그대는 코를 불으라."

구름이 대리석 빛으로 퍼져 나간다.
채축이 번뜻 배암을 그린다.
"오호! 호! 호! 호! 호! 호! 호!"

말님의 앞발이 뒷발이오 뒷발이 앞발이라.
바다가 네 귀로 돈다.
쉿! 쉿! 쉿!
말님의 발이 여덟이오 열여섯이라.
바다가 이리떼처럼 짖으며 온다.

쉿! 쉿! 쉿!
어깨 위로 넘어 닫는 마파람이 휘파람을 불고
물에서 뭍에서 팔월이 퍼덕인다.

"형제여, 오오, 이 꼬리 긴 영웅이야!
날씨가 이리 휘양창 개인 날은 곱슬머리가
자랑스럽소라!"

말 2

까치가 앞서 날고,
말이 따라가고,
바람 소올 소올, 물소리 쫄 쫄 쫄,
유월 하늘이 동그라하다, 앞에는 퍼언한 벌,
아아, 사방이 우리나라라구나.
아아, 웃통 벗기 좋다, 휘파람 불기 좋다. 채찍이 돈다,
돈다, 돈다, 돈다.
말아,
누가 났나? 늬를. 늬는 몰라.
말아,
누가 났나? 나를. 내도 몰라.
너는 시골 듬*에서
사람스런 숨소리를 숨기고 살고
내사 대처** 한복판에서
말스런 숨소리를 숨기고 다 자랐다.
시골로나 대처로나 가나 오나
양친 몬 보아 스럽더라.***
말아,
메아리 소리 쩌르렁! 하게 울어라,

---

* 두메.
** 도회지.
*** 못 보아 서럽더라.

61

슬픈 놋방울 소리 맞춰 내 한마디 할라니.
해는 하늘 한복판, 금빛 해바라기가 돌아가고,
파랑콩 꽃타리 하늘대는 두둑 위로
머언 흰 바다가 치어드네.
말아,
가자, 가자니,* 고대(古代)와 같은 나그넷길 떠나가자.
말은 간다.
까치가 따라온다.

---

* 가자구.

갈매기

돌아보아야 언덕 하나 없다. 솔나무 하나 떠는 풀잎 하나
없다.

해는 하늘 한복판에 백금 도가니처럼 끓고 동그란
바다는 이제 팽이처럼 돌아간다.

갈매기야, 갈매기야, 늬는 고양이 소리를 하는구나.

고양이가 이런 데 살 리야 있나, 늬는 어디서 났니?
목이야 희기도 희다, 나래도 희다, 발톱이 깨끗하다, 뛰는
고기를 문다.

흰 물결이 치여들 때 푸른 물굽이가 내려앉을 때,

갈매기야, 갈매기야, 아는 듯 모르는 듯 늬는 생겨났지?

내사 검은 밤비가 섬돌 위에 울 때 호롱불 앞에 났다더라.
내사 어머니도 있다, 아버지도 있다, 그이들은 머리가
희시다.

나는 허리가 가는 청년이라, 내 홀로 사모한 이도 있다.
대추나무 꽃 피는 동네다 두고 왔단다.*

갈매기야, 갈매기야, 늬는 목으로 물결을 감는다,
발톱으로 민다.

물속을 든다, 솟는다, 떠돈다, 모로 나른다.

늬는 쌀을 아니 먹어도 사나? 내 손이사 짓부프러졌다.

수평선 위에 구름이 이상하다, 돛폭에 바람이 이상하다.

팔뚝을 끼고 눈을 감았다, 바다의 외로움이 검은

---

* 이 부분은 '동네에 두고 왔단다.'로 읽으면 이해하기 쉽다.

넥타이처럼 만져진다.

3부

산 넘어 저쪽

해바라기 씨

해바라기 씨를 심자.
담모롱이 참새 눈 숨기고
해바라기 씨를 심자.

누나가 손으로 다지고 나면
바둑이가 앞발로 다지고
괭이가 꼬리로 다진다.

우리가 눈감고 한밤 자고 나면
이슬이 내려와 같이 자고 가고,

우리가 이웃에 간 동안에
햇빛이 입 맞추고 가고,

해바라기는 첫 시약시인데
사흘이 지나도 부끄러워
고개를 아니 든다.

가만히 엿보러 왔다가
소리를 깩! 지르고 간 놈이 ―
오오, 사철나무 잎에 숨은
청개구리 고놈이다.

지는 해

우리 오빠 가신 곳은
해님 지는 서해 건너
멀리멀리 가셨다네.
웬일인가 저 하늘이
핏빛보담 무섭구나!
난리 났나. 불이 났나.

띠

하늘 위에 사는 사람
머리에다 띠를 띠고,

이 땅 위에 사는 사람
허리에다 띠를 띠고,

땅속 나라 사는 사람
발목에다 띠를 띠네.

산 넘어 저쪽

산 넘어 저쪽에는
누가 사나?

뻐꾸기 영(嶺) 위에서
한나잘 울음 운다.

산 넘어 저쪽에는
누가 사나?

철나무 치는 소리만
서로 맞어 쩌 르 렁!

산 넘어 저쪽에는
누가 사나?

늘 오던 바늘 장수도
이 봄 들며 아니 뵈네.

무서운 시계

오빠가 가시고 난 방 안에
숯불이 박꽃처럼 새워 간다.

산모루 돌아가는 차, 목이 쉬여
이밤사 말고 비가 오시려나?

망토 자락을 여미며 여미며
검은 유리만 내어다보시겠지!

오빠가 가시고 나신 방 안에
시계 소리 서마서마 무서워.

종달새

삼동 내 ─ 얼었다 나온 나를
종달새 지리 지리 지리리……

왜 저리 놀려 대누.

어머니 없이 자란 나를
종달새 지리 지리 지리리……

왜 저리 놀려 대누.

해 바른 봄날 한종일 두고
모래톱에서 나 홀로 놀자.

말

말아, 다락 같은 말아,
너는 점잔도 하다마는
너는 왜 그리 슬퍼 뵈니?
말아, 사람 편인 말아,
검정 콩 푸렁 콩을 주마.

*

이 말은 누가 난 줄도 모르고
밤이면 먼 데 달을 보며 잔다.

별똥

별똥 떨어진 곳,

마음에 두었다

다음 날 가보려,

벼르다 벼르다

이젠 다 자랐소.

기차

할머니
무엇이 그리 슬퍼 우십나?
울며 울며
녹아도(鹿兒島)*로 간다.

해어진 왜포** 수건에
눈물이 함촉,
영! 눈에 어른거려
기대도 기대도
내 잠 못 들겠소.

내도 이가 아퍼서
고향 찾어가오.

배추꽃 노란 사월 바람을
기차는 간다고
악물며 악물며 달린다.

<hr>

* 일본 규슈(九州) 남쪽 끝.
** 광목.

75

고향

고향에 고향에 돌아와도
그리던 고향은 아니러뇨.

산꿩이 알을 품고
뻐꾸기 제철에 울건만,

마음은 제 고향 지니지 않고
머언 항구로 떠도는 구름.

오늘도 뫼 끝에 홀로 오르니
흰 점 꽃이 인정스레 웃고,

어린 시절에 불던 풀피리 소리 아니 나고
메마른 입술에 쓰디쓰다.

고향에 고향에 돌아와도
그리던 하늘만이 높푸르구나.

4부

또 하나 다른 태양

불사조

비애! 너는 모양할 수도 없도다.
너는 나의 가장 안에서 살았도다.

너는 박힌 화살, 날지 않는 새,
나는 너의 슬픈 울음과 아픈 몸짓을 지니노라.

너를 돌려보낼 아무 이웃도 찾지 못하였노라.
은밀히 이르노니 — '행복'이 너를 아주 싫어하더라.

너는 짐짓 나의 심장을 차지하였더뇨?
비애! 오오 나의 신부! 너를 위하야 나의 창과 웃음을
닫았노라.

이제 나의 청춘이 다한 어느 날 너는 죽었도다.
그러나 너를 묻은 아무 석문(石門)도 보지 못하였노라.

스스로 불탄 자리에서 나래를 펴는
오오 비애! 너의 불사조 나의 눈물이여!

나무

얼굴이 바로 푸른 하늘을 우러렀기에
발이 항시 검은 흙을 향하기 욕되지 않도다.

곡식알이 거꾸로 떨어져도 싹은 반듯이 위로!
어느 모양으로 심기여졌더뇨? 이상스런 나무 나의
몸이여!

오오 알맞는 위치! 좋은 위아래!
아담의 슬픈 유산도 그대로 받았노라.

나의 적은 연륜으로 이스라엘의 이천 년을 헤였노라.
나의 존재는 우주의 한낱 초조한 오점이었도다.

목마른 사슴이 샘을 찾어 입을 잠그듯이
이제 그리스도의 못 박히신 발의 성혈(聖血)에 이마를
적시며 ──

오오! 신약의 태양을 한아름 안다.

별

누워서 보는 별 하나는
진정 멀 — 고나.

아스름 다치랴는 눈초리와
금실로 이은 듯 가깝기도 하고,

잠 살포시 깨인 한밤엔
창유리에 붙어서 엿보노나.

불현듯, 솟아나듯,
불리울 듯, 맞어드릴 듯,

문득, 영혼 안에 외로운 불이
바람처럼 이는 회한에 피어오른다.

흰 자리옷 채로 일어나
가슴 위에 손을 여미다.

임종

나의 임종하는 밤은
귀또리 하나도 울지 말라.

나중 죄를 들으신 신부(神父)는
거룩한 산파처럼 나의 영혼을 가르시라.

성모취결례(聖母就潔禮) 미사 때 쓰고 남은 황촉불!

담머리에 숙인 해바라기꽃과 함께
다른 세상의 태양을 사모하며 돌으라.

영원한 나그넷길 노자(路資)로 오시는
성주(聖主) 예수의 쓰신 원광!
나의 영혼에 칠색의 무지개를 심으시라.

나의 평생이오 나중인 괴로움!
사랑의 백금 도가니에 불이 되라.

달고 달으신 성모의 이름 부르기에
나의 입술을 타게 하라.

그의 반

내 무엇이라 이름하리 그를?
나의 영혼 안의 고운 불,
공손한 이마에 비추는 달,
나의 눈보다 값진 이,
바다에서 솟아올라 나래 떠는 금성(金星),
쪽빛 하늘에 흰 꽃을 달은 고산식물,
나의 가지에 머물지 않고
나의 나라에서도 멀다.
홀로 어여삐 스사로 한가로워 ― 항상 머언 이
나는 사랑을 모르노라 오로지 수그릴 뿐.
때 없이 가슴에 두 손이 여미어지며
굽이굽이 돌아 나간 시름의 황혼길 위 ―
나 ― 바다 이편에 남긴
그의 반(半)임을 고이 지니고 걷노라.

다른 하늘

그의 모습이 눈에 보이지 않았으나
그의 안에서 나의 호흡이 절로 달도다.

물과 성신(聖神)으로 다시 낳은 이후
나의 날은 날로 새로운 태양이로세!

뭇사람과 소란한 세대에서
그가 다만 내게 하신 일을 지니리라!

미리 가지지 않았던 세상이어니
이제 새삼 기다리지 않으련다.

영혼은 불과 사랑으로! 육신은 한낱 괴로움.
보이는 하늘은 나의 무덤을 덮을 뿐.

그의 옷자락이 나의 오관에 사모치지 않았으나
그의 그늘로 나의 다른 하늘을 삼으리라.

또 하나 다른 태양

온 고을이 받들 만한
장미 한 가지가 솟아난다 하기로
그래도 나는 고와 아니 하련다.

나는 나의 나이와 별과 바람에도 피로웁다.

이제 태양을 금시 잃어버린다 하기로
그래도 그리 놀라울 리 없다.

실상 나는 또 하나 다른 태양으로 살었다.

사랑을 위하얀 입맛도 잃는다.
외로운 사슴처럼 벙어리 되어 산길에 설지라도 ─

오오, 나의 행복은 나의 성모 마리아!

5부

백록담

장수산(長壽山) 1

　벌목정정(伐木丁丁)이랬거니 아름드리 큰 솔이 베어짐직도
하이 골이 울어 메아리 소리 쩌르렁 돌아옴직도 하이
다람쥐도 좇지 않고 묏새도 울지 않아 깊은 산 고요가
차라리 뼈를 저리우는데 눈과 밤이 종이보담 희고녀! 달도
보름을 기다려 흰 뜻은 한밤 이 골을 걸음이란다? 웃절
중이 여섯 판에 여섯 번 지고 웃고 올라간 뒤 조찰히 늙은
사나이의 남긴 내음새를 줏는다? 시름은 바람도 일지 않는
고요에 심히 흔들리우노니 오오 견디련다 차고 올연(兀然)히
슬픔도 꿈도 없이 장수산 속 겨울 한밤내 ──

장수산 2

   풀도 떨지 않는 돌산이오 돌도 한 덩이로 열두 골을
굽이굽이 돌았세라 찬 하늘이 골마다 따로 씨우었고
어름이 굳이 얼어 디딤돌이 믿음직하이 펑이 그고 곰이
밟은 자국에 나의 발도 놓이노니 물소리 귀또리처럼
즉즉(喞喞)하놋다 필락 말락 하는 햇살에 눈 위에 눈이
가리어 앉다 흰 시울 알에 흰 시울이 눌리워 숨쉬는다 온
산중 내려앉는 횟진 시울들이 다치지 않이! 나도 내더져
앉다 일찍이 진달래꽃 그림자에 붉었던 절벽 보이한* 자리
위에!

---

* 보얀.

백록담

1

절정에 가까울수록 뻑국채 꽃키가 점점 소모된다.
한 마루 오르면 허리가 슬어지고* 다시 한 마루 위에서
모가지가 없고 나중에는 얼굴만 갸웃 내다본다.
화문(花紋)처럼 판 박힌다. 바람이 차기가 함경도 끝과
맞서는 데서 뻑국채 키는 아조 없어지고도 팔월 한철엔
흩어진 성신(星辰)처럼 난만(爛漫)하다. 산 그림자
어둑어둑하면 그러지 않아도 뻑국채 꽃밭에서 별들이
켜든다. 제자리에서 별이 옮긴다. 나는 여기서 기진했다.

2

암고란(巖古蘭), 환약같이 어여쁜 열매로 목을 축이고
살어 일어섰다.

3

백화(白樺) 옆에서 백화가 촉루(髑髏)가 되기까지 산다.
내가 죽어 백화처럼 흴 것이 숭없지 않다.

4

귀신도 쓸쓸하여 살지 않는 한 모롱이, 도체비꽃이
낮에도 혼자 무서워 파랗게 질린다.

---

* 사라지다.

91

5

바야흐로 해발 육천 척(尺) 위에서 마소가 사람을
대수롭게 아니 여기고 산다. 말이 말끼리 소가 소끼리,
망아지가 어미 소를 송아지가 어미 말을 따르다가 이내
헤어진다.

6

첫 새끼를 낳노라고 암소가 몹시 혼이 났다. 얼결에
산길 백 리를 돌아 서귀포로 달아났다. 물도 마르기 전에
어미를 여읜 송아지는 움매 — 움매 — 울었다. 말을
보고도 등산객을 보고도 마구 매어달렸다. 우리 새끼들도
모색(毛色)이 다른 어미한테 맡길 것을 나는 울었다.

7

풍란이 풍기는 향기, 꾀꼬리 서로 부르는 소리,
제주휘파람새 휘파람 부는 소리, 돌에 물이 따로 구르는
소리, 먼 데서 바다가 구길 때 쏴 — 쏴 — 솔 소리, 물푸레
동백 떡갈나무 속에서 나는 길을 잘못 들었다가 다시
측넌출 기어간 흰 돌바기˙고부랑길로 나섰다. 문득 마주친
아롱점말이 피하지 않는다.

———————————

˙ 흰 돌 박힌.

8

고비 고사리 더덕순 도라지꽃 취 삿갓나물 대풀
석용(石茸) 별과 같은 방울을 달은 고산식물을 삭이며
취하며 자며 한다. 백록담 조찰한 물을 그리어 산맥 위에서
짓는 행렬이 구름보다 장엄하다. 소나기 놋낫 맞으며
무지개에 말리우며 궁둥이에 꽃물 이겨 붙인 채로 살이
붓는다.

9

가재도 기지 않는 백록담 푸른 물에 하늘이 돈다.
불구에 가깝도록 고단한 나의 다리를 돌아 소가 갔다.
쫓겨온 실구름 일말에도 백록담은 흐리운다. 나의 얼굴에
한나절 포긴 백록담은 쓸쓸하다. 나는 깨다 졸다 기도조차
잊었더니라.

비로봉

담장이
물들고,

다람쥐 꼬리
숱이 짙다.

산맥 위의
가을 길 ──

이마 바르히
해도 향그롭어

지팡이
자진 마짐

흰 돌이
우놋다.

백화(白樺) 홀홀
허울 벗고,

꽃 옆에 자고

이는 구름,

바람에
아시우다.[*]

---

[*] 앗기다.

구성동(九城洞)

골작에는 흔히
유성이 묻힌다.

황혼에
누뤼가 소란히 쌓이기도 하고,

꽃도
귀양 사는 곳,

절터ㅅ드랬는데[●]
바람도 모이지 않고

산 그림자 설핏하면
사슴이 일어나 등을 넘어간다.

● 절터였드랬는데.

옥류동(玉流洞)

골에 하늘이
따로 트이고,

폭포 소리 하잔히
봄우뢰를 울다.

날가지 겹겹이
모란 꽃잎 포기이는 듯.

자위 돌아 사폿 질 듯
위태로이 솟은 봉우리들.

골이 속 속 접히어 들어
이내[晴嵐]가 새포롬 서그러거리는 숫도림.

꽃가루 묻힌 양 날아올라
나래 떠는 해.

보랏빛 햇살이
폭(幅)지어 비껴 걸치이매,

기슭에 약초들의

소란한 호흡!

들새도 날아들지 않고
신비가 한끗* 저자 선 한낮.

물도 젖어지지 않아
흰 돌 위에 따로 구르고,

닦아 스미는 향기에
길초마다 옷깃이 매워라.

귀또리도
흠식한 양

옴짓
아니 긴다

---

* 한껏.

조찬

햇살 피어
이윽한 후,

머흘 머흘
골을 옮기는 구름.

길경(桔梗) 꽃봉오리
흔들려 씻기우고.

차돌부리
촉 촉 죽순 돋듯.

물소리에
이가 시리다.

앉음새 가리어
양지 쪽에 쪼그리고,

서러운 새 되어
흰 밥알을 쫏디.*

---

* 쪼다.

비

돌에
그늘이 차고,

따로 몰리는
소소리 바람.

앞섰거니 하여
꼬리 치날리어 세우고,

종종 다리 깟칠한
산새 걸음걸이.

여울지어
수척한 흰 물살,

갈갈히
손가락 펴고.

멎은 듯
새삼 듣는 빗낱

붉은 잎 잎

소란히 밟고 간다.

인동차(忍冬茶)

노주인(老主人)의 장벽(腸壁)에
무시로 인동(忍冬) 삼긴 물이 내린다.

자작나무 덩그럭 불이
도로 피어 붉고,

구석에 그늘지어
무가 순 돋아 파릇하고,

흙냄새 훈훈히 김도 사리다가
바깥 풍설(風雪) 소리에 잠착하다.*

산중에 책력도 없이
삼동(三冬)이 하이얗다.

---

* 골똘하다.

붉은 손

어깨가 둥글고
머릿단이 칠칠히,
산에서 자라거니
이마가 알빛같이 희다.

검은 버선에 흰 볼을 받아 신고
산과일처럼 얼어 붉은 손,
길눈을 헤쳐
돌 틈에 트인 물을 떠내다.

한줄기 푸른 연기 올라
지붕도 햇살에 붉어 다사롭고,
처녀는 눈 속에서 다시
벽오동 중허리 파룻한 냄새가 난다.

수집어 돌아앉고, 철 아닌 나그네 되어,
서려 오르는 김에 낯을 비추우며
돌 틈에 이상하기 하늘 같은 샘물을 기웃거리다.

도굴

　　백일치성 끝에 산삼은 이내 나서지 않았다 자작나무
화톳불에 화끈 비추우자 도라지 더덕 취싹 틈에서
산삼순은 몸짓을 흔들었다 삼 캐기 늙은이는 엽초
순쓰레기 피워 물은 채 돌을 베고 그날 밤에사 산삼이
담속 불거진 가슴팍이에 앙징스럽게 후취(后娶)감어리처럼
당홍(唐紅)치마를 두르고 안기는 꿈을 꾸고 났다 모랫불˙
이운 듯 다시 살아난다 경관(警官)의 한쪽 찌그린 눈과
빠안한 먼 불 사이에 총(銃) 겨냥이 조옥 섰다 별도 없이
검은 밤에 화약불이 당홍 물감처럼 고왔다. 다람쥐가
도로로 말려 달아났다.

˙ 모닥불

폭포

산골에서 자란 물도
돌베람빡* 낭떠러지에서 겁이 났다.

눈덩이 옆에서 졸다가
꽃나무 알로** 우정 돌아

가재가 기는 골작
죄그만 하늘이 갑갑했다.

갑자기 호숩어질려니
마음 조일밖에.

흰 발톱 갈갈히
앙징스레도 할퀸다.

어쨌든 너무 재재거린다.
나려질리자 쭐뻣 물도 단번에 감수했다.
심심산천에 고사리밥
모조리 졸리운 날

_____

* 바람벽.
** 아래로.

송홧가루
노랗게 날리네.

산수(山水) 따라온 신혼 한 쌍
앵두같이 상기했다.

돌뿌리 뾰죽뾰죽 무척 고브라진 길이
아기자기 좋아라 왔지!

하인리히 하이네 적부터
둥그란 오오 나의 태양도

겨우 끼리끼리의 발꿈치를
조롱조롱 한나절 따라왔다.

산간의 폭포수는 암만해도 무서워서
기엄 기엄 기며 내린다.

나비

　시키지 않은 일이 서둘러 하고 싶기에 난로(暖爐)에
싱싱한 물푸레 갈어 지피고 등피 호 호 닦어 끼우어 심지
튀기니 불꽃이 새록 돋다 미리 떼고 걸고 보니 캘린더
이튿날 날짜가 미리 붉다 이제 차츰 밟고 넘을 다람쥐
등솔기같이 구브레 벋어 나갈 연봉(連峯) 산맥길 위에
아슬한 가을 하늘이여 초침 소리 유달리 뚝닥거리는 낙엽
벗은 산장 밤 창유리까지에 구름이 드뇌니 후 두 두 두
낙수(落水) 짓는 소리 크기 손바닥만 한 어인 나비가 따악
붙어 들여다본다 가엾어라 열리지 않는 창 주먹 쥐어 징징
치니 날을 기식도 없이 네 벽이 도로혀 날개와 떤다 해발
오천 척 위에 떠도는 한 조각 비맞은 환상 호흡하노라
서툴리 붙어 있는 이 자재화(自在畵) 한 폭은 활 활 불 피어
담기어 있는 이상스런 계절이 몹시 부러웁다 날개가 찢어진
채 검은 눈을 잔나비처럼 뜨지나 않을까 무섭어라 구름이
다시 유리에 바위처럼 부서지며 별도 휩쓸려 나려가 산
아래 어느 마을 위에 총총하뇨 백화(白樺) 숲 희뿌옇게
어정거리는 절정 부유스름하기 황혼 같은 밤.

춘설(春雪)

문 열자 선뜻!
먼 산이 이마에 차라.

우수절(雨水節) 들어
바로 초하루 아침,

새삼스레 눈이 덮힌 뫼뿌리와
서늘옵고 빛난 이마받이 하다.

얼음 금가고 바람 새로 따르거니
흰 옷고름 절로 향기로워라.

웅숭거리고 살아난 양이
아아 꿈 같기에 설어라.

미나리 파릇한 새순 돋고
옴짓 아니 기던 고기 입이 오물거리는,

꽃 피기 전 철 아닌 눈에
핫옷* 벗고 도로 칩고 싶어라.

───────────────

* 솜옷.

108

소곡(小曲)

물새도 잠들어 깃을 사리는
이 아닌 밤에,

명수대(明水臺) 바위 틈 진달래꽃
어쩌면 타는 듯 붉으뇨.

오는 물, 가는 물,
내쳐 보내고, 헤어질 물

바람이사 애초 못 믿을손,
입 맞추곤 이내 옮겨가네.

해마다 제철이면
한 등걸에 핀다기소니,

들새도 날라와
애닯다 눈물짓는 아침엔,

이울어 하롱하롱 지는 꽃닢,
싫지 않으랴, 푸른 물에 실려 가기,

아깝고야, 아기자기

한창인 이 봄밤을,

촛불 켜 들고 밝히소.
아니 붉고 어찌료.

별

창을 열고 눕다.
창을 열어야 하늘이 들어오기에.

벗었던 안경을 다시 쓰다.
일식이 개이고 난 날 밤 별이 더욱 푸르다.

별을 잔치하는 밤
흰 옷과 흰 자리로 단속하다.

세상에 아내와 사랑이란
별에서 치면 지저분한 보금자리.

돌아누워 별에서 별까지
해도(海圖) 없이 항해하다.

별도 포기 포기 솟았기에
그중 하나는 더 획지고

하나는 갓 낳은 양
여릿 여릿 빛나고

하나는 발열하여

붉고 떨고

바람엔 별도 쓸리다
회회 돌아 살어나는 촉(燭)불!

찬물에 씻기어
사금(砂金)을 흘리는 은하!

마스트 알로 섬들이 항시 달려왔었고
별들은 우리 눈섭 기슭에 아스름 항구가 그립다.

대웅성좌가
기웃이 도는데!

청려(淸麗)한 하늘의 비극에
우리는 숨소리까지 삼가다.

이유는 저 세상에 있을지도 몰라
우리는 저마다 눈감기 싫은 밤이 있다.

잠재기 노래 없이도
잠이 들다.

6부

그대들 돌아오시니

우리나라 여인들은

우리나라 여인들은 오월 달이로다. 기쁨이로다.
여인들은 꽃 속에서 나오도다. 집단 속에서 나오도다.
수풀에서, 물에서, 뛰어 나오도다.
여인들은 산 과실처럼 붉도다.
바다에서 주운 바둑돌 향기로다.
난류처럼 따뜻하도다.
여인들은 양에게 푸른 풀을 먹이는도다.
소에게 시냇물을 마시우는도다.
오리알, 흰 알을, 기르는도다.
여인들은 원앙새 수를 놓도다.
여인들은 맨발 벗기를 좋아하도다. 부끄러워하도다.
여인들은 어머니 머리를 가르는도다.
아버지 수염을 자랑하는도다. 놀려대는도다.
여인들은 생율(生栗)도, 호도도, 딸기도, 감자도, 잘
먹는도다.
여인들은 팔굽이가 둥글도다. 이마가 희도다.
머리는 봄풀이로다. 어깨는 보름달이로다.

옛 이야기 구절

집 떠나가 배운 노래를
집 찾아오는 밤
논둑 길에서 불렀노라.

나가서도 고달프고
돌아와서도 고달팠노라.
열네 살부터 나가서 고달팠노라.

나가서 얻어 온 이야기를
닭이 울도록,
아버지께 이르노니 ―

기름불은 깜박이며 듣고,
어머니는 눈에 눈물을 고이신 대로 듣고
니치대든 어린 누이 안긴 대로 잠들며 듣고
웃방 문설주에는 그 사람이 서서 듣고,

큰 독 안에 실린 슬픈 물같이
속살대는 이 시고을 밤은
찾아온 동네 사람들처럼 돌아서서 듣고,

― 그러나 이것이 모두 다

그 예전부터 어떤 시원찮은 사람들이
끝맺지 못하고 그대로 간 이야기어니

이 집 문고리나, 지붕이나,
늙으신 아버지의 착하디착한 수염이나,
활처럼 휘어다 붙인 밤하늘이나.

이것이 모두 다
그 예전부터 전하는 이야기 구절일러라.

그대들 돌아오시니

백성과 나라가
이적(夷狄)에 팔리우고
국사(國祠)에 사신(邪神)이
오연히 앉은 지
죽음보다 어두운
오호 삼십육 년!

그대들 돌아오시니
피 흘리신 보람 찬란히 돌아오시니!

허울 벗기우고
외오 돌아섰던
산(山)하! 이제 바로 돌아지라.
자휘 잃었던 물
옛 자리로 새소리 흘리어라.
어제 하늘이 아니어니
새론 해가 오르라

그대들 돌아오시니
피 흘리신 보람 찬란히 돌아오시니!

밭이랑 문희우고

곡식 앗어가고
이바지하올 가음마저 없어
금의(錦衣)는커니와
전진(戰塵) 떨리지 않은
융의(戎衣) 그대로 뵈일밖에!

그대들 돌아오시니
피 흘리신 보람 찬란히 돌아오시니!

사오나온 말굽에
일가친척 흩어지고
늙으신 어버이, 어린 오누이
낯서라 흙에 이름 없이 구르는 백골!

상기 불현듯 기다리는 마을마다
그대 어이 꽃을 밟으시리
가시덤불, 눈물로 헤치시라.

그대들 돌아오시니
피 흘리신 보람 찬란히 돌아오시니!

곡마단

소개(疎開)터
눈 위에도
춥지 않은 바람

클라리오넷이 울고
북이 울고
천막이 후두둑거리고
기(旗)가 날고
야릇이도 설고 흥청스러운 밤

말이 달리다
불테를 뚫고 넘고
말 위에
기집아이 뒤집고

물개
나팔 불고

그네 뛰는 게 아니라
까아만 공중 눈부신 땅재주!

감람(甘藍) 포기처럼 싱싱한

기집아이의 다리를 보았다

역기 선수 팔장낀 채
외발 자전차 타고

탈의실에서 애기가 울었다
초록 리본 단발머리 째리*가 드나들었다

원숭이
담배에 성냥을 켜고

방한모 밑 외투 안에서
나는 사십 년 전 처량한 아이가 되어

내 열 살보담
어른인
열여섯 살 난 딸 옆에 섰다
열 길 솟대가 기집아이 발바닥 위에 돈다
솟대 꼭두에 사내아이가 거꾸로 섰다
거꾸로 선 아이 발 위에 접시가 돈다
솟대가 주춤한다

---

* 째리. 십 원짜리, 열 살짜리의 짜리.

접시가 뛴다 아슬아슬

클라리오넷이 울고
북이 울고

가죽 잠바 입은 단장이
이욧! 이욧! 격려한다

방한모 밑 외투 안에서
위태천만 나의 마흔아홉 해가
접시 따라 돈다 나는 박수한다.

1902년 5월	충청북도 옥천군에서 출생. 아명은 어머니의 태몽에서 유래한 지룡(池龍)이었으며, 이 발음을 따서 본명은 지용(芝溶)으로 했다.
1910년 4월	충청북도 옥천공립보통학교 입학.
1913년	송재숙과 결혼.
1914년 3월	옥천공립보통학교 졸업. 이후 한문을 자수(自修)하다.
1918년 4월	휘문고등보통학교에 입학. 홍사용, 박종화, 김영랑, 이선근 등과 사귀다. 이 무렵부터 문재(文才)를 발휘하여 박팔양 등 여덟 명이 모여 요람 동인을 결성, 동인지《요람》을 십여 호 내다.
1919년	3·1운동의 후유증으로 가을까지 수업을 받지 못하다. 교내 문제로 야기된 휘문 사태의 주동이 되어 이선근과 함께 무기정학 처분을 받다. 12월《서광(曙光)》창간호에 소설「삼인(三人)」을 발표했다. 이는 지금까지 전하고 있는 첫 발표 작품이다.
1922년 3월	휘문고등보통학교 졸업. 현재 전하는 최초의 시 작품인「풍랑몽(風浪夢)」을 쓰다.
1923년 4월	《휘문》창간호의 편집위원이 되다. 4월에 그의 대표작 중 하나인「향수」를 쓰다. 일본 교토의 도시샤대학 입학.
1926년 6월	《학조(學潮)》창간호에「카페 프란스」등 아홉 편의 시를 발표함.
1928년 2월	장남 구관 출생.
1929년 3월	도지샤대학 영문학과 졸업. 귀국하여 9월 모교인 휘문고등보통학교 영어과 교사로 취임했다. 학교 동료로 이헌구, 이병기 등이 있었다.

1930년 3월	박용철, 김영랑, 이하윤 등과 함께 시문학 동인 결성. 동인지《시문학》등에 활발한 작품 발표.
1933년 8월	이태준, 이무영, 유치진, 김기림, 조용만, 이상 등과 함께 구인회 결성.
1934년 12월	장녀 구란 출생.
1935년 10월	첫 시집『정지용 시집』이 시문학사에서 간행됨. 수록 시편은 여든아홉 편으로 거의 발표되었던 것들이다.
1936년 3월	구인회 동인지《시와 소설》창간호가 나옴.
1937년 3월	부친 정태국 사망.
1939년 2월	《문장(文章)》의 편집에 참여하여, 시 부문 심사위원이 되다(소설 부문은 이태준). 박두진, 박목월, 조지훈, 박남수 등을 추천하다.
1941년 9월	두 번째 시집『백록담』이 문장사에서 간행됨. 총 수록 시편은「장수산 1」,「백록담」등 서른세 편.
1945년 10월	이화여자전문학교 교수가 됨.
1946년 2월	문학가동맹 아동분과위원장이 되었으나 활동은 하지 않음. 6월에 을유문화사에서『지용 시선』간행.
1948년 2월	『문학독본(文學讀本)』이 박문출판사에서 간행됨. 서른일곱 편의 시문과 수필, 기행문 등 수록.
1949년 3월	『산문(散文)』이 동지사에서 간행됨. 총 쉰다섯 편의 시문, 수필, 역시 등 수록.
1950년	한국전쟁 중에 좌익계 제자들에 의해 납북됨.

시는 언어로 빚는다

유종호

언어미술이 존속하는 이상 그 민족은 열렬하리라. — 정지용

시인 정지용은 1902년에 태어나서 1950년 6·25 전란 통에
소식이 끊어졌다. 서울에서 휘문고등보통학교를 나온 후 일본
교토(京都)의 도시샤(同志社)대학을 졸업했고 이후 교직 생활을
했다. 첫 시집『정지용 시집』은 1935년에 나왔고『백록담』은 육
년 후인 1941년에 나왔다. 제2시집 이후 6·25에 이르는 일제
말기와 해방 직후의 십 년 동안 정지용이 남긴 시편은 대여섯
편에 지나지 않는다. 자연인으로서의 생명은 어찌 되었든 간에
시인 정지용의 삶은 1950년에 끝난다. 그렇지만 일제 말기와 해방
이후 혼란기에 사실상 절필 상태에 있었다는 사정을 참작할 때
그의 시인 이력은 1941년에 간행된『백록담』과 더불어 끝났다고
할 수 있다. 그러나 우리 셈으로 마흔 되는 이른 나이에 사실상
시인 노릇을 그만둔 그의 소작 약 120편은 20세기 한국시의 가장
높은 성취의 첫 봉우리를 이루고 있다.

해방 이후의 사사로운 거취가 문제되어 정지용 시편은
오랫동안 그 유통이 금지되었다. 1948년에 시행된 조처로 인해
그의 작품은 교과서에서 삭제되었고 간행 역시 일체 금지되었다.
해금이라고 알려진 문학적 복권이 이루어진 것은 사십 년 후인
1988년의 일이다. 당시 젊은 독자들이 그를 새 얼굴로 수용하는
기묘한 사태가 벌어졌었다. 그의 작품은 이쪽에서 금기시하는
정치적 이념의 소산이 아니다. 또한 북쪽에서도 유통되지 않고
있다. 개인적인 신변의 거동이 문제가 되어 사십 년간 휴전선

125

이쪽저쪽에서 당대 최고 문인들의 작품을 어둠 속에 썩혀
두었다는 것은 어이없고 우열한 일이다. 먼 훗날 사람들은 그
못난 짓거리를 비웃을 것이다. 그러나 비웃음을 살 한심스러운
짓거리가 어찌 한둘로 그칠 것인가. 역사는 우리에게 희망과
절망을 동시에 부채질해 준다.

최초의 자각적 시인

20세기 한국시를 정의하려는 시도는 여러 갈래로 있어 왔다.
매사 그렇듯 이에 관한 비평적 합의가 이루어진 바 없고 또
강한 피암시성에 의해 졸속으로 이루어진 합의가 소망스러운
것도 아니다. 다만 언뜻 재래의 한시나 풍월, 시조나 가사문학과
형식을 달리하는 비정형(非定型)의 자유시가 주류를 이루어
왔다는 것만은 쉽게 인정할 수 있을 것이다. 1920년대가
이러한 자유형 단시(短詩)의 가장 활발한 실험 시기가 아니었나
생각된다. 1921년에 변영로가 "시집으로 묶여 나온 우리 문단의
처녀시집"이라고 서문에서 적고 있는 김억의 역시집 『오뇌의
무도』가 나왔다. 주요한의 『아름다운 새벽』, 변영로의 『조선의
마음』, 조명희의 『봄 잔디 위에』가 1924년에 나왔고 김소월의
『진달래꽃』은 1925년, 한용운의 『님의 침묵』은 1926년에
나왔다. 나라의 정치적 좌절을 보상이라도 하듯 문학적, 문화적
분출 현상이 일어난 것이다. 정지용의 경우 이 1920년대는
시인으로서의 자아를 모색하고 확립한 시기라 할 수 있다. 그의
처녀시집 『정지용 시집』은 1935년에 간행되었으나 그 절반이
1920년대의 소작인 것으로 드러나 있다.
　단순화시켜 딱 부러지게 얘기하면 정지용은 스스로 시인임을
자각하고 시작 행위를 예술 행위로 열렬히 의식한 최초의 우리
쪽 시인이다. 20세기 최초의 직업 시인이라 부르는 게 온당할

것이다. 정지용 이전에도 한용운이나 김소월 같은 존재가 있기는
했다. 특유의 개량 내간체로 그윽한 깊이의 시 경지를 성취한
『님의 침묵』은 20세기 한국시의 한 고전임에 틀림없다. 작자가
사십 대 중반에 간행한 이 시집은 그러나 작품의 높낮이가 심한
편이고 육십오 년의 생을 누린 작자의 시작으로서는 한미한
편이다.

구비 전통에 대한 청각적 충실과 우리 겨레의 보편적인
심성 표출이란 점에서 역시 20세기 한국시의 고전이 되어 있는
『진달래꽃』은 앞으로도 계속 젊은 독자들에게 호소할 것이다.
그러나 이 시집에서도 작품의 균질감은 찾아지지 않고 성취도의
높낮이가 아주 심하다. 또 시집 간행 이후 김소월의 소작에는
조잡한 것이 너무 많아서 시인 됨의 품위를 일관성 있게
유지하지 못했다. 따라서 만해와 소월은 초기 20세기 한국시를
풍요하게 한 비(非)전문 시인이라 할 수 있다.

정지용에 오면 사정이 달라진다. 오십 평생에 120편이란
생산량은 많은 편이 아니다. 그렇지만 그것은 시인이 낱낱의
시편이 지녀야 할 완성도를 지향해 함부로 시를 쓰지 않았다는
방증도 된다. 너무나 자명해서 도리어 간과하기 쉽지만 시는
언어예술이고 또 언어로 빚어진다. 당연히 우리 시는 우리말로
이루어진다. 이러한 명제의 함의를 정지용처럼 열렬히 자각하고
실천한 현대 시인은 그 이전에는 없었다. 그가 구사한 언어는
발명이란 이름에 값할 만큼 창의적이고 개성적이다. 민족어
위기의 시대에 그처럼 민족어를 찾아내 갈고 닦은 사람은 이전에
없었다. 정지용은 '부족 방언의 순화'를 성공적으로 수행하여
시범한 최초의 시인이요, 서정주는 뒤이어 그 성취도를 심화시킨
우리 쪽의 가장 그릇 큰 시인이다.

정지용이 개개 시편의 완벽성을 지향해서 나름 성공을 거두고
있다는 것은 힘들이지 않고 쓴 것 같은 동시 흐름의 작품에서
가장 잘 드러난다. 「해바라기 씨」, 「띠」, 「산 넘어 저쪽」, 「무서운

시계」, 「종달새」, 「말」 같은 작품은 어린이도 쉽게 이해하지만 어른이 읽어도 깊이 있는 시다. 노래로 널리 알려진 「고향의 봄」, 「반달」, 「오빠 생각」의 노랫말과 비교해 보면 그 차이는 뚜렷해진다. 위의 명곡 동요는 노래로서는 손색이 없지만 그 가사는 어린이 것답지 않게 작위적이고 억지스럽다.

> 삼동 내 — 얼었다 나온 나를
> 종달새 지리 지리 지리리……
>
> 왜 저리 놀려 대누.
>
> 어머니 없이 자란 나를
> 종달새 지리 지리 지리리……
>
> 왜 저리 놀려 대누.
>
> 해 바른 봄날 한종일 두고
> 모래톱에서 나 홀로 놀자.
>
> ── 「종달새」에서

우선 정확하고 경제적인 언어 구사가 돋보인다. "삼동 내" "해 바른 봄날", "모래톱"과 같은 낱말들이 제 앉을 자리를 찾아 적정하고 신선하게 정좌해 있다. "지리 지리 지리리"란 의성음도 창의적인 발명이다. 여러 작품에서 실감 나는 의태어와 의성음을 창의적으로 쓰고 있는데 가령 「묘지송」에 나오는 박두진의 "삐이 삐이 뱃쫑 뱃쫑"이란 멧새의 빼어난 의성음도 정지용의 선례에 빚지고 있다. 허리띠를 두르는 인간 관행에 빗대어 머리띠 두르는 하늘나라와 발목에 띠를 두르는 땅속 나라를 노래하는 「띠」도 동심적 상상력의 묘기라 할 것이다.

말아, 다락 같은 말아
너는 점잔도 하다마는
너는 왜 그리 슬퍼 뵈니?
말아, 사람 편인 말아,
검정 콩 푸렁 콩을 주마.

*

이 말은 누가 난 줄도 모르고
밤이면 먼 데 달을 보며 잔다.

—「말」에서

이 작품을 굳이 동시라고 불러야 하는지는 의문이다.
어린이가 화자로 되어 있지만 윌리엄 블레이크(William Blake, 1757-
1827)의 작품들과 마찬가지로 누구에게나 호소적이다. 가축이든
애완동물이든 "사람 편"으로 순치시킨 동물들이 대체로
이산가족으로 살고 있다는 것을 충격적으로 전해 주는 작품이다.
소박한 말씨 속에 담긴 인지의 충격을 감득하는 것은 생명 있는
모든 것에 대한 자비와 공감을 발견하고 경험하는 일이기도 하다.
    전래 한옥에서는 안방 아랫목에 다락문이 있어 오르내리게
되어 있다. 따라서 화자보다 키와 덩치가 큰 말을 "다락 같은
말"이라 하는 것은 아주 자연스러운 발상이다. "검정 콩 푸렁
콩"의 콩은 말의 최고 식품이다. 콩을 많이 먹이면 기운이
넘쳐나서 말이 사나워진다. 그래서 잊혀 가는 '콩기'란 말이
생겨난 것이다. 이러한 시 바깥의 맥락을 모른다고 해서 이
작품의 이해와 수용이 불가능한 것은 아니다. 하지만 이러한
사회, 문화적 배경에 대한 정보는 이 작품의 극히 자연스러운
발성을 실감시켜 주고 그만큼 이해를 두텁게 해 줄 것이다.
    "적정한 자리에 적정한 말"이란 것은 좋은 문체에 관한
스위프트(Jonathan Swift, 1667-1745)의 정의이다. 산문을 염두에 두고

한 말이지만 시에 적용시켜도 잘못이 없다. 낭만주의 이전의 고전
시가 대체로 그러하다. 낭만주의 이후의 시에서는 이러한 고전
시의 문법에 대해 의도적으로 반란을 꾀한 기색이 농후하다.
정지용의 시는 "적정한 자리에 적정한 말"을 적확하게 배치하고
조직한 20세기 우리 쪽의 고전적 사례이다. 별로 알려져 있지
않고 인용되는 법이 없는 시편에서도 이러한 시적 원리는 그대로
발견된다.

　　　　대수풀 울타리마다 요염한 관능과 같은 홍춘(紅椿)이
　　피맺혀 있다.
　　　　마당마다 솜병아리 털이 폭신폭신하고
　　　　지붕마다 연기도 아니 뵈는 햇볕이 타고 있다.
　　　　　　　　　　　　　　　　　　——「슬픈 기차」에서

　　　　물오리 떠돌아다니는
　　　　흰 못물 같은 하늘 밑에

　　　　함빡 피어 나온 다알리아
　　　　피다 못해 터져 나오는 다알리아
　　　　　　　　　　　　　　　　　　——「다알리아」에서

　　우리는 모자람 없이 제자리에 놓인 낱말들이 드러내는 선명한
시각적 적확성에 놀라게 된다. "연기도 아니 뵈는 햇볕이 타고
있다"라는 아지랑이의 낯설게 하기는 우리로 하여금 현실 속의
아지랑이를 새로운 눈으로 재발견하게 한다. 군더더기 없는
경제적 처리가 육십여 년 풍화작용 속에서 조금도 퇴색하고 있지
않다.

　　　　이 열매는 지난해 시월 상달, 우리 둘의

조그마한 이야기가 비롯될 때 익은 것이어니,

작은 아씨야, 가녀린 동무야, 남몰래 깃들인
네 가슴에 졸음 조는 옥토끼가 한 쌍.

옛 못 속에 헤엄치는 흰 고기의 손가락, 손가락
외롭게 가볍게 스스로 떠는 은실, 은실,

아아 석류알을 알알이 비추어 보며
신라천년의 푸른 하늘을 꿈꾸노니
―「석류」에서

　　사랑을 시작한 지 몇 달밖에 안 되는 처지의 두 사람이
초봄 밤에 석류알을 쪼개어 맛보는 정경이 적절한 은폐를 통해
은은하게 드러나 있다. 유방의 완곡어법은 무화과 잎새로 가리고
있기 때문에 더욱 관능적인 분위기를 자아낸다. 아마도 흐릿한
등잔불 아래의 정경이기 때문에 석류알을 까는 흰 손가락이 옛
못 속에서 헤엄치는 물고기로도 보이고 은실을 연상시키기도
할 것이다. 그래서 입춘절 밤에 벌이는 조그마한 석류의 향연은
고대적 정경의 모습을 띤다. 신라 천년의 푸른 하늘을 꿈꾸는
것은 맥락 속에서 아주 자연스럽다. 석류알을 쪼개어 맛보는 일이
은은하고 정겨운 사랑의 의식(儀式)으로 승화되어 있다.
　　이렇게 적어 놓으면 공연한 읽어 넣기라고 저항할 독자들도
있을 것이다. 그렇지만 이 작품이 「향수」와 함께 《조선지광》에
발표된 것은 1927년 3월의 일이다. 또 김학동의 『정지용 연구』에
의하면 제작 연대는 그보다 앞선 1924년의 일이다. 축축한
감상주의나 투박한 정감 토로가 지배적이던 당시 시단 일반의
사정을 고려할 때 정지용 시행의 단아한 성취는 경이에 값하는
것이다. 이러한 사정은 정지용 대표작의 하나이며 20세기 한국

시의 절창의 하나인 「향수」를 떠올릴 때 한결 분명해진다. 역시 김학동의 앞 책에 따르면 「향수」는 1923년 3월의 소작으로 되어 있는데 정지용 자신도 이 작품을 자신의 처녀작이라고 말하고 있다. 근자에 작곡되어 널리 불리고 있지만 필자의 생각으로는 채동선(蔡東鮮) 작곡의 「고향」과는 달리 주로 작품의 비속화에 기여하고 있는 것으로 보인다. 「향수」의 완벽성에 의문을 표시하는 의견도 있으나 나는 생각을 달리한다.

> 전설 바다에 춤추는 밤물결 같은
> 검은 귀밑머리 날리는 어린 누이와
> 아무렇지도 않고 예쁠 것도 없는
> 사철 발 벗은 아내가
> 따가운 햇살을 등에 지고 이삭 줍던 곳
>
> —— 그곳이 차마 꿈에도 잊힐리야.

휘황하기 대낮과 같은 도회의 밤을 살고 있는 현대인에게 윗 대목의 첫 두 줄은 작위적이고 과장된 것으로 비칠지 모른다. 그러나 전기가 들어오기 이전 우리 농촌의 희미한 호롱불 불빛이나 어둠이라는 맥락을 고려할 때 그 시각적 선명성은 찬탄에 값하는 것이다.

> 하늘에는 석근 별
> 알 수도 없는 모래성으로 발을 옮기고

마지막 연의 윗 대목은 모호하다. 『정지용시집』에는 "석근 별"로 되어 있고 해방후에 나온 『지용시선』에는 "성근 별"로 되어 있다. "석근"은 "성긴"(疎)의 옛말이다. 정지용은 요즘 시인들이 자행하는 일탈적 언어 구사에 의한 모호성 조작과는 무연한

시인이다. 한 획 한 글자를 소홀히 하지 않고 고전적 명징성을
지향했다. 따라서 "대웅성좌(大熊星座)가 기웃이 도는데"라는 후기
시행의 변주라고 추측할 수 있다. 모래성은 은하수와 연관되는
이미지로 생각된다. 후기 몇몇 시편에 보이는 낱말의 해명과
함께 좀 더 연구해야 할 부분이다. 여기서 우리가 주목할 것은
이와 같은 절창이 1920년대 초반에 쓰였다는 사실이다. 이러한
역사성과 과거성이 작품 가치의 일부를 이루고 있는 것을 간과할
수 없다. 이상화의 두 편과 「진달래꽃」, 「님의 침묵」밖에 없었던
1920년대를 떠올리기 위해서 우리는 다음과 같은 시행을 읽어
보는 것도 유익할 것이다.

이 나라 사람은
마음이 그의 옷보다 희고
술과 노래를
그의 아내와 같이 사랑합니다
나는 이 나라 사람의 자손이외다.
―― 양주동, 「나는 이 나라 사람의
자손이외다」(1925년)에서

백설로 삼천리 월광으로 오백리
두만강의 겨울 밤은 춥고도 고요하더라
―― 김동환, 「국경의 밤」(1925년)에서

아 강낭콩 꽃보다도 더 푸른
그 물결 위에
양귀비꽃보다도 더 붉은
그 '마음' 흘러라
― ·변영로, 「논개」(1924년)에서

이 같은 역사적 배경 속에서 파악할 때 비로소 우리는 정지용의 시사적(詩史的) 위치를 이해하게 된다. 1940년대 이후 한국 시의 성숙과 발전은 상대적으로 그의 시적 성취를 퇴색하게 하고 있다. 그렇지만 시각언어로 만들어진다는 것을 직업 시인의 위엄으로 시범한 그의 궤적은 정당한 평가를 받아야 마땅하다.

바다의 발견

『정지용 시집』에는 바다나 항해나 바닷새를 다룬 시편이 좋이 스무 편이나 수록되어 있다. 바다가 없는 중부 지방 출신인 그에게 바다 체험은 각별한 세계 상봉의 계기가 되었던 것 같다. 「바다 2」, 「해협」, 「갈매기」 같은 명편이 없는 것은 아니나 바다 시편이 한결같이 수작인 것은 아니다. 그렇지만 우리 시의 전통에서 바다란 소재는 희귀했기 때문에 소재 도입 자체가 획기적인 일이었다. 사실 우리의 옛 한시나 시조 속에서 바다가 다뤄진 경우는 없다시피 하다. 실증적인 검토의 여지가 많기는 하나 20세기 우리 현대시 가운데서도 정지용 이전에는 바다를 정공(正攻)으로 다룬 적은 없지 않나 생각된다. 먼 발치로 바라본 바다가 아니라 감각적 세목을 갖춘 바다의 시편은 정지용 이후의 일이라 생각된다. 정지용에 의한 시 속의 바다 발견은 그 자체가 새로운 요소로서 옛 시가(詩歌)의 관습을 벗어난 일이기에 모더니스트란 호칭은 이러한 면에서도 타당하다. 바다는 그의 '근대' 경험의 표상이다. 후기 시편과 비교한다면 초기의 바다 시편은 감각적 구체로 파악되기는 했으나 시험적인 경우가 많다. 생각건대 젊은 날의 그는 바다 시편을 통해 이미지스트로서의 기량을 단련한 것이 아닌가 생각된다. 너무도 잘 알려진 「바다 2」 대신 여타의 것을 읽어 보기로 한다.

미역 잎새 향기한 바위틈에
진달래꽃 빛 조개가 햇살 쪼이고
청제비 제 날개에 미끄러져 도 — 네
유리판 같은 하늘에.
바다는 — 속속들이 보이오.
청댓잎처럼 푸른
바다
봄
　　　　　　　　　　　　　　　—「바다 1」에서

마스트 끝에 붉은 기가 하늘보다 곱다
감람(甘藍) 포기포기 솟아오르듯 무성한 물이랑이어!
　　　　　　　　　　　　　　　—「다시 해협」에서

포탄으로 뚫은 듯 동그란 선창으로
눈썹까지 부풀어 오른 수평이 엿보고

하늘이 함폭 나려앉어
크낙한 암탉처럼 품고 있다.
　　　　　　　　　　　　　　　—「해협」에서

　　이미지스트로서의 본령이 하필 바다 시편에서만 역력한 것은
아니다. "밤비는 뱀눈처럼 가는데"라 적고 있는 「카페 프란스」,
"슬픈 은(銀)안경이 흐릿하게/ 밤비는 옆으로 무지개를 그린다"는
「황마차(幌馬車)」, "채축이 번뜻 배암을 그린다"는 「말 1」, "동해는
푸른 삽화처럼 옴직 않고/ 누뤠알이 참빗처럼 옮겨 간다"는
「비로봉」(1부) 등 도처에서 예기를 번뜩이고 있다. 그렇지만 이전의
우리 시가에 없는 바다의 육체에 황홀하여 그 이모저모의 시각적
재현을 통해 솜씨를 연마한 흔적이 짙다. 그것이 뒷날 명편

「유리창 1」의 "물 먹은 별이, 반짝, 보석처럼 박힌다"와 같은 최고 순간으로 이어진 것이라 할 수 있다.

바다의 육체를 감각적 구체의 세목으로 재현하고 정착한 것은 오늘의 눈으로 볼 때 기발할 것 없는 심상한 일로 비칠 것이다. 그렇지만 인적 없는 산등성이에 첫발을 디디고 마침내 소롯길을 낸다는 것은 언제나 창의적인 선구자의 발견적 소산이다. 콜럼버스의 달걀이 그렇게 해서 전설화된 것이다. 이 언저리를 생각하더라도 정지용은 새로운 시인이었다. 관습의 굴레를 벗어나 새로운 모티브를 도입하기란 결코 쉬운 일이 아니다. 1930년대 이후 바다를 노래한 시가 부쩍 많아진 것은 시인들의 해협 경험과 현해탄 경험과도 관련되지만 그보다도 정지용의 바다 시편과 깊이 연관되어 있다. 작품을 통한 시인의 간접 경험이 일차적 현해탄 경험의 문학적 재현을 충동질한 것이다. "풍경화가를 만드는 것은 풍경이 아니다. 풍경화가 풍경화가를 만든다."라는 말은 그런 의미다. 관습(convention)이란 말이 뜻하는 것도 바로 이것이다.

산으로의 회귀

요약하건대 전통 중국 시의 고향은 산이었다. 동쪽 울타리에서 국화를 따며 유연히 바라본 산이건 솔방울 떨어지는 달 없는 빈 산이건 산은 동양 시인의 마음의 의지(依支)요 정처였다. 많은 동양 전통 시가는 산수도의 언어적 재현이라 해도 무방하다. 젊은 시절 바다와 동백꽃과 기차와 말과 비 오는 도시와 고향 사모를 노래했던 정지용도 서른 줄에 들어서면서 산으로 들어간다. 문학적 입산 이전에 그는 또 새 하늘과 태양 사모를 경험하고 표현하게 된다. 일련의 신앙 시편에서 그의 시편은 전에 없던 격조를 갖추게 된다.

온 고을이 받들 만한
장미 한 가지가 솟아난다 하기로
그래도 나는 고와 아니 하련다.

나는 나의 나이와 별과 바람에도 피로웁다.

이제 태양을 금시 잃어버린다 하기로
그래도 그리 놀라울 리 없다.

실상 나는 또 하나 다른 태양으로 살었다.

사랑을 위하얀 입맛도 잃는다
외로운 사슴처럼 벙어리 되어 산길에 설지라도 ——

오오, 나의 행복은 나의 성모 마리아!

——「또 하나 다른 태양」에서

  마지막 시행만 아니라면 절제된 지극한 연애 시편으로 읽힐
것이다. 그렇지만 여기서 태양은 신앙에 의해 불 밝혀진 초월의
기호이며 사랑과 행복은 성모 마리아를 향한 것이다. 서구에서
지칭하는 낭만적 사랑의 이념은 성스러운 대상에 대한 종교적
숭배를 세속 대상으로 옮긴 것이다. 따라서 기독교 전통에 그
연원이 있다는 것은 널리 인정되고 있다. 단순화해서 말하면
마리아 숭배가 이성 찬미로 전환한 결과이다. 위의 시편은
적어도 심리적으로는 이러한 설명이 타당하다는 것을 입증하는
듯 보인다. 성모 마리아에서 행복을 찾은 정지용은 「불사조」,
「임종」, 「나무」, 「다른 하늘」과 같은 경건한 긍정 시편을 써낸다.
그것은 그의 신앙고백인 동시에 자기 설득의 노랫말이었을
것이다. 그의 본령과 절창이 터져 나오는 것은 아무래도 문학적

입산을 통해서이기 때문이다. 시인은 집을 나섰다가 돌아와
자기 족보를 펼칠 때 자연스럽고도 의젓한 풍모를 갖추게
되는 것 같다. 감각적인 것은 구체적 실감을 안겨 주지만 그런
만큼 표피적일 수 있다. 산속에서 그는 동양 전통 속의 초속적
고사(高士)가 된다. 제2시집 「백록담」에는 이십 대의 잔재가 많이
남아 있는 「선취」, 「파라솔」, 「유선애상」 같은 감각 시편이 들어
있으나 한라산, 장수산, 금강산을 다룬 등고(登高) 시편들 역시
빛나고 있다.

> 골작에는 흔히
> 유성이 묻힌다.
>
> 황혼에
> 누뤼가 소란히 쌓이기도 하고
>
> 꽃도
> 귀양 사는 곳
>
> 절터ㅅ드랬는데
> 바람도 모이지 않고
>
> 산 그림자 설핏하면
> 사슴이 일어나 등을 넘어간다
> ──「구성동(九城洞)」에서

시인은 속세와 완전히 격리되어 있는 지극히 평온무사한
무인지경을 그려 보이고 있다. 예 있던 절도 없어졌고 고작
별똥 떨어지는 것 정도가 하나의 사건이 된다. 별똥이 빈번히
떨어져 묻힐 리가 없다. 그것은 착시(錯視) 아니면 내림 짐작에

따른 현실의 환상 대체이다. 젊은 시절의 시인은 "별똥 떨어진 곳,/ 마음에 두었다/ 다음 날 가보려,/ 벼르다 벼르다/ 이젠 다 자랐소"(「별똥」) 하고 유년 상실을 허전해 한 적이 있다. 구성동 산골에 이른 시인은 이곳이야말로 벼르고 벼르며 가고 싶어 했던 별똥 떨어진 곳이라고 생각했을 것이다. "누뤼가 소란히 쌓이기도 하고"는 우박 소리가 소란히 들릴 정도로 조용한 곳임을 강조함으로써 시간마저 정지한 듯한 초역사적 공간의 고요를 부각시키는 반어적 대조 수법을 이루고 있다. 시의 비밀은 시인의 다른 시편 속에 잠복해 있는 것이 보통이다. 충청도 지방에서는 얼마 전까지만 하더라도 우박이 떨어지면 '유리 떨어진다.'고 말했다. 이 사실을 모른다 해도 시집을 읽어 보면 그것이 잘 드러난다. "누뤼알이 참벌처럼 옮겨 간다"는 「비로봉」(1부), "빗방울 나리다 누뤼알로 구을러/ 한밤중 잉크 빛 바다를 건느다"는 2행시 「겨울」을 읽으면 그 뜻은 저절로 드러난다. "꽃도 귀양 사는 곳"이란 시행에서는 산골 무인지경의 으슥함이 간결하면서도 극적으로 제시된다. "절터ᄉ드랬는데"는 주로 경기 지방에서 쓰이는 말투를 빌린 것인데 다소 일탈적이기 때문에 "절터였다는데"란 표준 어법보다 효과적이다. "바람도 모이지 않고"는 워낙 으슥한 산골이어서 바람조차 스쳐 지나가는 듯한 느낌을 준다. '모이다'는 여럿이 한 곳으로 오는 것을 뜻하는 말로 쓰인다. 그러나 '모이다'에는 '작고 야무지다'는 뜻도 있기 때문에 '바람도 세거나 모질지 않다.'는 뜻이 가미된 것으로 생각할 수 있다. 마지막 시행에 나오는 사슴은 거북이나 학과 함께 장생불로를 상징하는 십장생(十長生) 중 하나이다. 동양 전통에서 사슴은 네발짐승 중 귀족이요 해코지 없는 어진 동물로 나온다. 평화와 지혜로운 천진성을 시사하는 사슴은 여기서 노장적 무위(無爲) 유토피아의 살아 있는 소도구로 등장하여 작품을 완성해 준다. 모자람이 없는 10행 68자의 완벽한 비경(秘境) 그림은 그 후 『청록집』 자연 시편의 원형이자 영감이자 연원이 되기도 했다.

『백록담』 시편에서 시인은 절정에 이른 기량으로 고매한 정신과 깊은 내면을 표현한다. 그것은 사회에 대해 닫혀 있고 자연을 향해 열려 있는 은자적 지각이 성취한 고요와 무심(無心)의 경지이다. 이에 대해 일제 식민지하의 시인으로서 사회적, 역사적 책임을 망각한 도피 자세가 아니냐는 책망과 비판이 당연히 나올 수 있을 것이다. 그렇지만 최악의 사태 아래서는 외면 자체가 무저항의 저항이 될 수 있다는 역사적 사례를 우리는 무수히 체험했다. 왜 외면과 도피만 일삼느냐고 책망하는 것은 일본 식민지주의의 악랄한 철저성을 과소평가하는 일밖에 되지 못한다. 우리가 분명히 확인해 둘 것은 문학인의 사회적 책임을 완수하겠다고 섣불리 나선 사람들일수록 대개의 경우 면목 없는 행적을 보였거나 이렇다 할 문학적 기여도 하지 못했다는 사실이다. 겨레말의 말살이 모의되고 있던 칠흑 같던 민족어 위기에 즈음하여 작품을 통해 모국어의 위엄을 보여 주었던 시인 작가의 노력은 아무리 평가해도 지나치지 않는다. 그리고 그 점에서 정지용의 존재는 아주 돋보인다. 시인의 책임은 일차적으로는 시의 본성에 투철한 작품 생산에 있다. 이러한 일차적 성취 없는 미덕은 인간의 미덕은 될지 모르나 시인의 미덕은 아니다. 시인을 얘기할 때 우선적으로 다룰 것은 작품적 성취이다.

시집 『백록담』에는 언어의 지극한 경제적 처리를 통해 여백과 여운의 무심을 추구하고 있는 「구성동」 흐름의 작품들과 터놓고 산문 쪽으로 근접해 간 산문시들이 공존하고 있다. 어떤 형식을 빌렸건 그 지향과 성향은 수렴한다. 「백록담」에서 한결 사실적인 정경의 재현 끝에 "문득 마주친 아롱점말이 피하지 않는다"라고 시인이 적을 때 그것은 「구성동」에서와 마찬가지로 갈등과 대립이 사라진 평화와 조화의 터전에 대한 간구를 드러낸다. 이러한 간구의 기초가 된 것은 인간을 포함하여 모든 생명 있는 것에 대한 혈연적 공감이다. 생명 있는 모든 것이 실존적 슬픔의 공유를 통해 제휴되어 있고 그러한 한 한결같이 자비의 대상이다.

> 첫 새끼를 낳노라고 암소가 몹시 혼이 났다. 얼결에 산길 백 리를 돌아 서귀포로 달아났다. 물도 마르기 전에 어미를 여읜 송아지는 움매 — 움매 — 울었다. 말을 보고도 등산객을 보고도 마구 매어달렸다. 우리 새끼들도 모색(毛色)이 다른 어미한테 맡길 것을 나는 울었다.
>
> ─「백록담」에서

광포한 일본군 국수주의가 이 땅은 말할 것도 없고 중국 대륙에서 사납게 날뛸 때 시인은 고요와 조화의 자연 시편을 통해 사회 현실에 대한 강력한 거부의 목청을 들려주었다. 소극적이긴 하나 이러한 부정과 거부의 실천은 적극적인 동조나 동참과는 구별되어야 할 것이다. 그러한 판별의 의도적 거절이나 식별력의 상실도 우리 문화가 극복해야 할 성가신 소아과 질환의 하나일 것이다.

시는 언어로 빚는다

'사춘기에 연애 대신 시를 썼다. 일제가 무서워서 산으로 바다로 도망다니며 시를 썼다.'는 투의 말을 해방 후 소용돌이 정치의 계절 속에서 시인은 적은 바 있다. 하나의 변명이었지만 변명이란 것이 더러 그렇듯 일말의 진실성이 없는 것은 아니다. "해방 전에는 임화(林和)가 제일 무섭더니 요즘엔 아주 가깝게 여겨진단 말이야."라고 말한 것으로 성지용 방문기(訪問記)에서 전위 시인 박산운(朴山雲)은 적고 있다. 그가 문학적 성향이나 생리가 별로 맞지 않는 문학가 동맹에 가입하여 정치적 곡절을 겪게 되는 사정을 시사하는 결정적인 대목이라고 생각한다. 전면적 부정에서 상대적 평가절하에 이르는 비판을 정지용은 부단히 받아 왔다. 8·15 이전 실제비평이나 시편 속의 패러디를 통해 지용 폄하에 앞장선 이는 말할 것도 없이 임화였다.(그의 인유(引喩)를 통한 지용 비판 및 야유에 관해서는 필자의 「숨어 있는 부호」(《현대문학》 통권 474호)를 참고하기 바란다.) 식민지 시대에 임화가 기여한 지적, 문학적 노력도 응분의 평가를 받아야 한다. 그렇지만 그의 시는 「우리 오빠와 화로」, 「수향(愁鄕)」 등 몇 편을 제외하고서는 기억할 만한 것이 못 된다고 생각한다. 시적 전언도 무성영화 시대의 변사 말투로 전개되어 어려웠던 시대의 정신사적 자료는 될지언정 시로서는 홀로 서지 못할 것이다. 임화가 그쪽 흐름의 대표적 시인이었다는 사실이 시사하듯 많은 카프(KAPF) 계열의 시인들이 스스로 표방하는 이념을 문학적으로 훼손하면 했지 기여하지 못했다는 것이 적정한 문학적 평가라고 생각한다. 스스로 판단하여 고귀한 이념을 서투르고 치졸하게밖에 표현하지 못했던 것은 이념 파악 자체가 실하지 못하고 표피적이었기 때문이기도 했을 것이다. 임화는 시로, 비평으로, 조직 운동으로, 영화로, 연애로, 다채로운 재사였으나 많은 카프 시인은 "재주가 없기 때문에 자신의 확신을 드러내려 극단적으로 경향성 쓰레기를 보여 주는 친구"라고 엥겔스의 호된 질책을 받기에 부족함이 없는 길 잘못 든 문인들이었다. 팔십 년의 세월이 흐른 오늘 이러한 문학적 판단의 적정성은 너무나 분명해 보인다. 남다른 도덕적 정열이나 정의감보다 재주가 없기 때문에 정치 시인이 되는 무자각의 비극을 접한다는 소회를 금할 수가 없다.

　　정지용의 시인으로서의 무게는 그의 영향력에서도 드러난다. 영향 자체가 중요한 것은 아니다. 해악적 영향이 막중한 경우도 얼마든지 있기 때문이다. 중요한 것은 그의 영향력이 한국

현대시가 성숙하는 데 얼마나 기여했는가이다. 윤동주, 박목월, 조지훈, 박두진, 김춘수의 시편들은 정지용 없이는 생각할 수 없다. 서정주, 유치환에 있어서조차 굴절된 영향은 보인다. 산림녹화가 일단 성공적으로 이루어진 후 청산을 접하는 세대들은 그 사이에 바쳐진 선인들의 노력을 의식하지 못한다. 마찬가지로 오늘 이 땅의 시의 풍요가 역사적 과정의 소산이라는 것을 젊은이들은 간과하기 쉽다. 자기 이전에는 시도 소설도 비평도 없었다고 자임하는 배은망덕 지극한 창작과 지성의 중시조(中始祖)들을 우리는 심심치 않게 목도한다. 거기 화답하는 피암시성 강한 사물놀이패들도 많다. 세상 모르는 아름다운 스무 살이 그런다면 더불어 흥겨워해 주지 못할 것도 없다. 엘리엇(T. S. Eliot, 1888-1965)이 말하는 역사의식을 잠시 유보하기만 하면 되기 때문이다. 정지용을 별것 아니라고 말할 수 있는 사람이 있다면 그는 단 한 사람일 것이다. 그럴 리 없지만 그 한 분이 그를 폄하한다면 뒤에 태어난 행운으로 앞서간 이의 불행을 이죽거리는 좁은 소견의 소치일 것이다. 오만 다음에 몰락이 온다는 것은 하필 서양 쪽에서나 적용될 속담이 아니다.

  정지용은 '시는 언어로 빚는다.'는 사실을 열렬히 자각하고 실천한 최초의 20세기 한국 시인이다. 1920년대의 막막한 쑥대밭에서 그것을 열렬히 의식했다는 것은 눈부신 일이다. "언어미술이 존속하는 이상 그 민족은 열렬하리라."(언어미술이라 한 것은 언어예술이란 말의 낯설게 하기를 겨냥한 것이지만 시각적 선명성이 특징이었던 시인의 일면을 드러내는 자기 계시적인 일면이기도 하다.)라고 그는 적어 놓고 있다. 이보다 더한 문화적 민족주의가 어디 있는가? 캄캄했던 시절 깨어 있던 문학인들의 의지 가졌던 투르게네프(Ivan Turgenev, 1818-1883)의 산문시 「러시아말」의 시적 전언을 시인은 단 한 줄로 요약해 놓고 있다. 그것은 자신을 포함하여 희망 없는 사람들에게 보내는 희망의 전언이었다.

지금 이 땅에서 글을 쓰는 사람 치고 직접적이건 격세적이건
열 차례 건너 뛰어서건 그에게 빚지지 않은 사람은 없다.
글쓰기는 선인들에 대한 빚 갚기이기도 하다. 겨레와 전통을
강조하는 사람들이 보여 주는 자기 부과적인 문화적 기억상실은
우리를 슬프게 한다.

끝으로 시인의 최후 소작에 대해 몇 마디 첨가한다. 해방 이후
정지용은 시를 쓰지 않았다. 임시정부 요인들이 환국했을 때 그들
앞에서 낭독한 「그대들 돌아오시니」가 유일하게 품위 손상에서
벗어난 작품이다. 임화와 그의 일단(一團)이 흡사 1950년대의
'상이용사'들처럼 누구에게나 겁을 주고 있을 때 그로서는
당연한 일이었다.

"거짓말 못 하여 덤비지 못하여 어찌하랴"라는 모호한 글귀가
1949년에 나온 책 『산문(散文)』에 적혀 있는데 이 언저리에 그
사정이 묻혀 있다고 생각한다. 6·25 나던 해 그는 「곡마단」을
발표했다. 열여섯 살 난 딸과 곡마단 구경을 하는 것이 소재이다.

가죽 잠바 입은 단장이
이욧! 이욧! 격려한다.

방한모 밑 외투 안에서
위태천만 나의 마흔아홉 해가
접시 따라 돈다 나는 박수한다.

곡마단의 곡예 장면이 사실적으로 그려져 있다. 그렇지만
새 정부 수립 이후의 상황에 대한 정치적, 신벽적 우의(寓意)가
담겨 있다고 나는 생각한다. 모든 것이 곡예 놀음이요 자신 또한
예외가 아니라는 풍자적이고 자조적(自嘲的)인 말투가 엿보인다.
이러한 해석은 아직 우리가 찾아내지 못하고 있는 「의자」란
작품이 발굴되면 더욱 단단해질 것이다. 일부 문인들의 관계

진출을 포함하여 당시의 자리 찾기 풍조를 겨냥한 시였다고 나는
읽었다.

시인의 최후 소작이 「의자」나 「사사조 오수(四四調五首)」와 같은
희작(戱作) 시편이란 것 또한 우리를 슬프게 한다. 시인을 침묵과
곡예로 몰아갔던 '북의 시인' 일단의 명운 또한 우리를 즐겁게
해 주지는 못한다. 시는 역사를 만들지 못한다. 그렇지만 역사의
불가측성은 물귀신이 되어 시인들을 잡아간다. 이 또한 우리를
한없이 적막하게 한다.

세계시인선 20   향수

1판 1쇄 펴냄 1995년 1월 5일
1판 7쇄 펴냄 2011년 10월 3일
2판 1쇄 펴냄 2016년 11월 10일
2판 3쇄 펴냄 2022년 5월 17일

지은이   정지용
엮은이   유종호
발행인   박근섭, 박상준
펴낸곳   (주)민음사

출판등록   1966. 5. 19. (제16-490호)
주소   서울시 강남구 도산대로1길 62
            강남출판문화센터 5층 (06027)
대표전화   02-515-2000   팩시밀리 02-515-2007

www.minumsa.com

ⓒ (주)민음사, 2016. Printed in Seoul, Korea

ISBN 978-89-374-7520-7 (04800)
      978-89-374-7500-9 (세트)

* 잘못 만들어진 책은 구입처에서 교환해 드립니다.

세계시인선 목록